おとなの
Secret of adult
秘密

おとなの秘密《ひみつ》

石原《いしはら》ひな子《こ》

ILLUSTRATION：北沢《きたざわ》きょう

おとなの秘密

LYNX ROMANCE

CONTENTS

おとなの秘密

十月に入り、ようやく秋らしくなってきた。開いている窓から流れ込んでくる柔らかい風が心地いい。

恩田優樹《おんだゆうき》は脚立《きゃたつ》の上から、子供たちの顔を見下ろす。昼食が終わり、今は昼寝の時間だ。すやすやと眠っている姿を見ると、自然と顔が緩《ゆる》んでくる。

恩田が勤めている私立の保育園は、子供の預け入れが少ない土曜日は、ゼロ歳から五歳児までの全員がひとつの部屋で過ごしている。

子供たちが眠っているからといって、職員も休憩できるわけではない。子供たちの様子を伝えるための連絡ノートを書いたり、保護者に配るお便りや子供たちへのお誕生日カードを作ったり、運動会やクリスマス会などのイベントが近づいてくればその準備をしたりなど、細々《こまごま》とした作業がたくさんあるのだ。

「天井の虫、取りました」

「ありがとう。背が高い人がいると助かるわ。連絡ノートは書いておくから、恩田先生は職員室に行って。もう来たって」

先輩に促《うなが》されて時計を見ると、約束の時間よりも少し早かった。

今から、年度の中途で入園してくる子供の保護者との顔合わせがあるのだ。

「どうもありがとうございます。じゃあノートお願いします」

恩田は彼女に子供たちを託《たく》し、脚立を担《かつ》いで部屋を出ると、廊下を歩いていたベテランの職員がびくっとした。

「す、すみません……」

「あらやだ、びっくりしちゃったわよ。こっちこそ、いつまでも慣れなくてごめんね」

恩田は百九十センチまであともう少しという長身だ。目尻が下がっているため、顔は優しいんだけどね、と周囲には言われるのだが、乳児には恐怖を与えてしまいがちで、出会い頭《がしら》に泣かれることもしばしばだ。

近年、男性の保育士が増えてきているとはいえ、圧倒的に女性の職場だ。同期は全員女性だし、この園でも、異動する前も、その前も、ほかの男性職員と一緒になったことがない。職場環境を考えれば当然なのだが、高校卒業後に進学した県立の保育士専門学校でも、同級生や先輩後輩、全員女性だった。

保育園が女の社会であることは知っていたが、恩田にとってマイナス要素にはならなかった。年の離れた姉たちの子供の面倒を見たり、甥《おい》や姪《めい》の友達たちと一緒に遊んだりしているうちに、将来の夢は決まった。

子供が好き、という熱意だけで務まる仕事ではないし、実際には子供の世話以外にもやることはたくさんある。理想と現実のギャップに悩まされることもあるけれど、恩田は今の仕事にやりがいを感じている。

「こんにちは。賢《けん》くんかな？」

ベテラン職員は見慣れない子供を連れていた。おそらく、新しく入園する予定の子だ。

「そうです。こんにちは。きょうのけんです」

ひざを折って恩田が声をかけると、恩田の威圧感にひるむことなく、きちんと顔を見てあいさつを返してきた。四歳にしては受け答えがしっかりしているので、恩田は少々驚いた。

「僕は恩田優樹。賢くんの先生だよ。賢くんはきちんとごあいさつができておりこうさんだね。今からお父さんとお話ししてくるから、またあとでね」

「はい」

礼儀正しい子だ。

親の面談中は、賢の面倒は職員が見る。園児たちは昼寝中なので、職員はこれから賢が過ごすことになるもも組の部屋に入っていく。恩田はそれを見届け、脚立を片づけてから職員室に行くと、賢の父親、京野篤《きょうのあつし》がいた。

事前の打ち合わせ程度のものだし、その旨《むね》を伝えたはずなのに、京野は休みの日にもかかわらずスーツを着ている。面談ということで気構えているのだろうか。

職員室には月末に行われる運動会で使われる衣装などが所狭しと積まれている。恩田はその間を縫うように進み、奥にある職員の休憩用として使われている小部屋に上がった。

「お待たせして申し訳ありません」

園長と京野は座卓《ざたく》を挟《はさ》んで座っており、恩田も急いで園長の隣に腰を下ろす。

恩田の姿を見て、京野は大きな目をさらに大きく見開いた。しかしすぐに、そんな自分の行為を恥《は》じるかのように、すっと表情が消える。

「いえ、今ちょうど来たばかりですので」

男の保育士が珍しいのだろう。または、大柄《おおがら》な男に驚いたのか。

京野のような反応には慣れているため、恩田はいちいち気にならない。

恩田は失礼にならない程度に京野を見る。初対面の印象というのは、じつは大きく外れることがないのだ。

ぴんと伸びた背筋、凛《りん》としていて整った顔つき。頭が小さく小柄で、外見だけでいえば老《ふ》け顔の恩田のほうが、三十代前半の京野よりも年上に見えるかもしれない。

しかし京野を包む空気は、恩田とは正反対だ。長年武道を嗜《たしな》んできたような威圧感や妙な貫禄《かんろく》がある。時間にも正確だし、賢の態度を見ても、厳格な父親という雰囲気を身にまとっている。

「もも組の担任の、恩田優樹です。よろしくお願いします。もう一人補助の職員がいて、四歳児クラスは常時二人で園児たちを見ています」

「こちらこそ、どうぞよろしくお願いいたします」

深々と頭を下げた京野につられて、恩田も座卓に額を打ちつける勢いで礼をした。なにかやらかしたら厳しく叱責《しっせき》されそうな気がしてしまうのだ。

「今ね、賢くんのお話をしていたの」

ぴりっとした空気を和《やわ》らげるような優しい声で、園長が言った。

関係書類には事前に目を通しており、家庭環境やアレルギーの有無など、恩田もある程度のことは把握している。面談はその確認だったり、園への要望だったり、こちらからの要望だったり、もう少し突っ込んだ話をするのだ。

「今まで賢くんは幼稚園に通っていたということで、保育園に長時間預けることになって、なにかご心配なことはありますか？　お友達と離れてしまって、賢くんが寂しそうにしていたり、変わったことなどあったりしたら教えてください」

「心配なこと、変わったこと……、ですか」

堅苦しそうな京野の表情が若干《じゃっかん》変化した。

「友達については本人に事情を説明しましたので、納得しているかと思います。変わったことなどについては……。じつは仕事が忙しくてほとんど育児に関わっていなかったので、離婚して急に賢との二人の生活になって、正直言ってしまえばなにがわからないのかもわからない状態なんです」

お恥ずかしい話です、と言って京野は卓上のお茶に目線を落とした。

「大変だとは思います。慣れないこともあって、今はわからなくても、これからいろいろあるかと思います。なにかあったら、小さなことでもぜんぜんかまいませんので、遠慮なく僕に相談してくださいね」

恩田がそう言うと、京野の視線が戻ってきた。しかし瞳から胸の内は読み取れそうもない。

共働きの夫婦が二人で子供を育てるのだって大変なのに、親が一人になってしまったらもっと大変だ。しかも仕事が忙しい父親が養育者なので、開園から延長保育の最後まで賢を預かることになっている。

物心がつく前から預けられている子たちは、長時間親と離れて過ごす環境が日常だ。しかし賢は今まで母親と二人でゆったりと過ごしていた。それが急に仲のよかった友達と別れ、保育園で生活することになるのだ。すぐに適応できる子もいれば、精神的に不安定になって暴力的になったり塞《ふさ》ぎ込んでしまったりする子もいるため、最初のうちはとくに注意して賢を見てやらなければならない。

「ありがとうございます。離婚後も、保育園が決まるまでの間は賢の母親に協力してもらっていましたし、僕もなるべく早く帰るようにして、賢との時間を持つように心がけてきました。賢はとても聞き分けがよくて、育てやすい子だと思います。二人の生活になって間もないですが、今のところ苦労を感じたことはありません」

京野が遠慮しているようには見えないし、無理しているとも思えない。つい先ほどの、廊下でのちょっとしたやり取りだけでも、賢が育てやすい子だということはなんとなく想像がつく。

「お母さんのほうから、なにか聞いていますか？」

園長は賢についてもう少し知りたいようで、様々な角度から切り込むが、京野の返事は「わからない」ばかりだ。

いかに子供に無関心だったのか、と突きつけられているように感じているのか、園長に質問されるたびに京野は居心地の悪そうな顔になっていく。

「賢の母親とはもうずっとほとんど会話がなくて、なにも聞いておりません。無責任な父親で、本当に申し訳ありません。これまでの言動を見る限りでは、賢は攻撃的な子ではありません。友達に怪我《けが》をさせたり、暴れたり言うことを聞かずに幼稚園の先生を困らせたりといった、周囲に迷惑をかけるようなことはほとんどなかったと思います。もしも目に余るような言動をしたら、厳しく叱《しか》ってください」

賢がどのような子なのか、ということが、京野との話から見えてこない。園側が知りたいのは他者へ迷惑をかけるかけないではなく、賢のパーソナリティなのだ。

京野と賢との関係が希薄《きはく》で、書類に書かれている以上のことは伝わってこなかった。

離婚をした場合は母親が引き取るパターンが圧倒的で、死別以外で父親に引き取られるというのは、ゼロではないけれど少ない。今の日本の法律は母親に有利にできており、世間的にも、子供には母親が必要だという風潮だ。

また男女平等と謳《うた》われてはいても社会はまだ男性が主体だ。育児休暇を気軽にとれる会社が一体どのくらいあるか。父親が一人で子供を育てるのはなかなか厳しい。

しかし多忙を極めほとんど育児に関わってこなかった京野が賢を引き取ったのだ。よほどのことがない限り母親のほうに親権が行くのだが、そうではないから、彼女が親権を放棄《ほうき》したのか。または、賢を引き取れないようななにか大きな問題があったのだろうか。

保育士になってから五年、恩田は複雑な事情を抱えている家庭をいくつも見てきた。いちいち深く考えていたらキリがないし、賢が健《すこ》やかに育つよう保育するのが恩田の役目だ。

「京野さん、いくつか記入漏《も》れがあったんですけど」

園長が、提出された京野の書類の空白部分を指して言った。

「緊急連絡先をご記入いただきたいんです」

「あぁ……」

京野の表情から推測するに、書き忘れたというよりは、記入していなかったことを自覚している様子だ。

「父とは疎遠で頼れませんし、僕には兄弟もいません。賢と母親はもう会いません。血縁者では指定できる人間がいないんですが、友人や職場の人間でもかまいませんか？」

「もちろん、どなたでも大丈夫ですよ。なにか緊急事態が発生したとき、たとえば災害が起きたり事件が発生したり、そういうときに保護者と連絡がつかなかった場合に、ここに書かれている人に連絡が行く場合があります。ですので、本当に緊急のときには京野さんではなくて、その方に判断または許可をしていただく可能性があるんです。また場合によっては、賢くんの引き取りの要請をすることもあるかもしれません。その旨を相手の方にお知らせして、ご了承を得られた方を指定していただけたらと思います」

過去に、緊急連絡先に指定された相手が「知らない」と突っぱねてトラブルになった話を交えて園長が伝えると、京野の表情が強《こわ》ばった。

賢と母親が会わない、とはいったいどういうことなのだろう。

いちいち詮索《せんさく》してはならないとは思いながらも、恩田は気になってしまう。

「そうですか。わかりました。ではひとまず保留にしておいていただけますか。申し訳ありません」

頭を下げる姿ひとつ取っても、京野は非常に堅苦しい男だ。生真面目《きまじめ》な性格であることが伝わってくる。

開園から閉園までフルで預けられる賢と、京野と、今後どのように接していけばいいのか。恩田はしっかり考えなくてはならない。

週が明けたらすぐに賢を通わせ始めるそうで、園長は一日の流れや着替えについて、昼寝用の敷布団や掛布団にかけるカバーの用意など、事務的な話を始めた。あと十五分もしないうちに面談は終わるだろう。

恩田は席を外し、もも組の部屋に行く。物音ひとつしない室内で賢と過ごしていたベテラン先生と交代した。

「賢くん。今ね、お父さんとお話ししてきたんだ。来週からよろしくね。先生ね、新しいお友達が増えてうれしいんだ。先生も積み木やっていい？」

賢の隣に腰を下ろして話しかけた。

「どうぞ」

すると賢は恩田に積み木を譲り、本棚の前に移動してしまう。

——賢くんと話がしたかったんだけどな……。

しかし恩田とは初対面なので、賢は緊張しているのかもしれない。また一人遊びが好きでおとなしい性格の子もいるので、恩田は遊びの邪魔をしないよう賢のそばで見守ることにした。

「恩田先生、どうもありがとうございました。賢、帰るぞ」

結局会話らしい会話もないまま時間が過ぎ、面談を終えた京野が賢を呼びにきた。

賢は本を置いて立ち上がり、京野のもとへ走っていく。

「賢、自分が使っていたものはきちんと片づけなさい」

「はい」

京野に注意された賢ははっとした顔をして、本棚に戻ってくる。絵本を片づけ再び駆け寄ると、京野は賢に重ねて言った。

「出したものは片づけなさいって前から言っているだろう。なんで同じことを何度も言わせるんだ」

京野の口調は淡々としており、叱りつけているわけではないのだが、かえってそれが冷たい印象を与える。上司が部下に命令するような、極めて事務的な言い方だ。

相手はまだよくものがわかっていない幼児なのだ。もう少しふんわりとした優しい口調で言えばいいのに。

恩田はついそう思ってしまうのだが、賢は慣れたものなのか、素直に返事をしている。

「賢くん、バイバイ。また来週」

「ばいばい」

靴箱の前で別れ際に恩田が言うと、賢が手を振ってくれた。

少しは気を許してもらえたのだろうか。

今日初めて子供らしい仕草を見せてくれた賢に、恩田も顔がほころぶ。

「賢。大人にバイバイは失礼だろう。きちんとあいさつをしなさい」

しかしせっかく和《なご》んだ空気が、京野の横やりによって一瞬にして凍りついてしまう。

「……さようなら」

恩田は言葉に詰まってしまったが、気を取り直してもう一度、賢に声をかける。

「さようなら、賢くん。またね」

親である京野がああ言った手前バイバイではまずいだろうと思ったので、恩田は京野の求める「きちんとしたあいさつ」をした。

この園は門がテラス側についているので、保護者の送り迎えは園庭を突っ切る形になる。

京野は自分のペースで歩き、その数歩後ろから、賢が小走りでついていく。

敷地内だから、ということで事故や誘拐などの警戒が薄いのだろう、という願いを込めて、恩田は二人の様子をうかがう。

保育園前の道路は、小道とはいえ車の往来がある。京野は門を出ると賢を制止し、左右を見てから歩き始めた。しかし相変わらず京野の歩く速度は速く、時々後ろを振り返って賢になにか声をかけていた。そのたびに賢が走って京野に追いつく。

——手をつないで歩いてやればいいのに。

賢は突飛《とっぴ》な行動をしないのかもしれない。しかし子供の行動は予測不能だし、車で連れ去られる可能性だってあるのだから、しっかり手を握ってあげたらいいんじゃないかな、と恩田は思った。

ただ、こちらがアドバイスのつもりで言っても、保護者によっては悪意として受け取られる場合もあり、判断が難しい。京野への対応は今後の課題だ。

ひとまず賢を最優先に考えよう。

京野については、面談中に賢の相手をしてくれていたベテラン先生に相談してみることにした。

「賢くんの様子はどんな感じでした？　交代してからは、ずっと絵本を読んでいたんです。一人で遊びたいタイプですかね」

「そうね。私のときも口数少なくて、黙々と積み木で遊んでいたわ。一緒にやろうとすると距離を置かれちゃったから、人見知りしてるのかもね。でも気難しい子ではないみたいだからよかったわよ。問題行動のある子が一人いるとクラス全体が……っと」

園児がいない部屋での雑談とはいえ、どこでだれの耳に入るかわからない。ましてや園児に聞かれていい内容ではないので、彼女は途中で言葉を止め、仕事に戻っていった。

たしかにかみつき癖《ぐせ》があったり叩いたり、または言葉での暴力を働いたり、といったことをする子がいると、クラス全体に広がってしまうのだ。怪我《けが》を負わせたでトラブルが起きる回数が増えて職員の対応も大変になるので、彼女がほっとする気持ちは恩田もわかる。

しかし子供は純粋で柔軟だから、根気よく接していけば改善される。ただ四六時中その子とばかり接するわけにはいかないので、なかなか全員にきめ細やかな対応ができないこともある。してやりたいのにできない、という場面に出くわしたときにやるせない気持ちになったことも、一度や二度ではない。

　経験を積んでいけば、うまく対応できるようになるのだろうか。

　人知れずこっそりとため息をつき、子供たちが眠っている部屋に戻ると職員のほかに園長もいた。目が覚めている子がちらほらおり、その相手をしている。

「恩田くん。賢くんは慣らし保育なしで月曜日からフルで入るから、最初のうちはとくに気をつけて様子を見ておいてね」

　園長は小さな声で恩田に言った。

「いきなり最初から最後までって、京野さん忙しいんですね」

「この件で仕事を休んだり早引けしたりしていたらしくて、これ以上有給は取れないんですって。育児に慣れていないお父さんみたいだし、恩田くんも気にかけてあげてね」

「わかりました。気をつけて見るようにします。一杯飲みつつ話したら、すぐに打ち解けられそうな気がするんですけどね」

「京野さん、そういうタイプには見えなかったけど。でもまあせっかく男同士なんだし、あっちから相談があれば、そういう機会を設《もう》けてもいいかもしれないわね。核家族で相談できる相手がいないって人もけっこういるし、ましてやお父さんだからね。大変だと思うわ」

園長と話をしていると、ほかの職員も会話に混ざってくる。

「大企業の社員で超エリートって感じなのに、家庭はうまくいかないものなんですかね。顔もいいし、給料もいいだろうし、それだけで我慢できそうな気もするんだけど」

「あなたも結婚してみればわかるわよ。さあ、そろそろお昼寝の時間も終わるわよ」

先に起きた子供たちの気配で目覚め始めた園児たちが、もそもそ動き始める。それを察知した園長は話を終わらせた。

詳しい事情はわからないが、離婚して父親だけで育てるのはきっと簡単ではない。先ほどの京野と賢のやり取りを見ただけでも、ぎこちなさが伝わってくるのだ。

これから、大丈夫なのだろうか。

様々な家庭のあり方があって、その中のひとつにすぎない京野と賢だが、恩田はなぜか京野たちのことが気になって仕方がなかった。


賢の保育園生活が始まって約十日。十月も半《なか》ばになり、日中も過ごしやすくなってきた。

各園によって保育時間は異なるが、恩田の勤務先は、午前七時半から午後六時半、延長保育を希望する世帯は午後七時半まで受け入れている。

シフトは早番中番遅番の三交代制で、恩田は遅番の日だ。

恩田のいる保育園は駅のすぐ近くにあり、住所を見ると京野の家からは距離がある。しかしここを選んだのはおそらく、少しでも長く職場にいられるように、と考えてのことなのだろう。

京野は月曜日から金曜日まで、毎日きっちり定刻の午後七時半までに迎えにくる。

「賢くん、お父さんがお迎えにきたよ」

窓の外に京野の姿が見えたので、恩田は賢に声をかけた。すでに帰る準備はできていたので、賢はすぐにテラスに出ていく。

「おかえりなさい」

「ただいま、賢。いい子にしてたか？」

「はい」

「こんばんは。賢くんもようやく緊張が解けてきたみたいで、お友達と仲良く遊んでいましたよ。今のところトラブルも起きていませんし、順調に馴染《なじ》んできていると思います」

「そうですか。よかったです。ありがとうございます」

京野は社交辞令的な言葉を返してくるので、なかなか突っ込んだ話はしづらい。しかしこちらも遠慮してはいけない。保護者の変化、それによって起こりうる子供への影響。それらを注視しておかなければならない。常日頃言葉を交わしていれば些細《ささい》な変化も見つけやすくなる。

「面談のとき、京野さんの仕事はとても忙しいってうかがってましたけど、お迎えとかいろいろ、大変ではないですか？」

「いえ、大丈夫です。以前ほど激務ではない部署に配置換えになったので」

先日の面談では、毎日日付が変わる頃まで仕事をしていたし、朝も賢が起きる前に出勤しており、賢との接点がほとんどなかったと言っていた。そんな京野が毎日午後七時半までに迎えにきている。無理をしているのかと思ったのだが、異動のため早く帰れるようになったようだ。

閑職《かんしょく》に追いやられてしまったのか。いや、京野の勤務先は一流企業なのだし、福利厚生はしっかりしているはずだ。シングルファーザーとなった京野に配慮したのだろう。

「はい、賢くん。布団のカバー洗ってきてね」

「ありがとうございます」

賢が忘れて帰りそうだったので、恩田は一週間使った布団カバーが入っている袋を持たせた。

こちらが指定したサイズぴったりの、縫い目がきれいなカバーは、おそらく特急で業者にオーダーしたのだろう。用意できるまでは園で貸せると伝えてあったのだけれど。

「ではまた月曜日に、よろしくお願いします。賢、靴を履《は》きなさい」

「はい」

賢が靴箱に靴を取りにいく小さな背中を見守っていた京野の表情が、急に険しくなった。恩田は何事かと思って視線の先を見たが、とくになにかあるようには感じなかった。

「賢、脱いだ靴はそろえなさいと言っているだろう。取り出す前に、まず整えなさい」

靴に手を伸ばした賢に、京野が言った。

指摘されて賢の靴を見てみると、たしかに左と右の靴の間がわずかに開いていた。しかし目くじらを立てるほどのものではないように思える。

はい、と返事をして賢が靴を整える。しっかり収まったのを見てから京野が許可を出し、賢はようやく靴を履き始めた。

子供たちがなにかしたあとにチェックするのは職員の役目だ。きっちり入れられていなかったのはこちらにも責任があるし、そのために賢が叱られてしまうのは申し訳ない。

「京野さん、細かい部分まで目が行き届いてなくて申し訳ありません。気をつけて見るようにしますね」

「整理整頓《せいりせいとん》など日常生活の基本的なことは、しっかりさせるよう賢の母親に言ってきました。できていないということは、賢の母親がよく見ていなかったか賢の物覚えが悪いかのどちらかです。先生の責任ではありません」

京野は淡々と言った。

自分たちの躾《しつけ》や教育を棚に上げて担任の責任だと理不尽に責め立てる保護者もいるので、京野のような理性的な親に出会うとほっとする。しかし四歳児に求めるには少しハードルが高い気がする。もちろん難なくできる子もいればそうではない子もいるのだから、個々の資質を見た上で対応してやらないといけない。

これも恩田の価値観であり、どれが正しいなんて答えはないし、意見を押しつけてもいけない。しかし京野は子供に対して少々厳しい面があるので、恩田は賢をフォローしてあげたくなった。その結果、トラブルに発展してしまう可能性があったが、自己保身よりも先に口が出る。

「今は失敗してしまうこともあるかもしれませんが、これからできるようになると思いますので、賢くんのことを見守っていきますね」

「僕はできました」

「え？」

「僕は賢ぐらいの年齢のときにはもっとしっかりしていたと思います。靴のこと、あいさつのことなどで叱られた記憶はありません」

京野は抑揚《よくよう》のない声で言った。まさかそう切り返されるとは思っていなかった恩田は、次の言葉が見つからずに沈黙する。すると京野は「ありがとうございました」と言って、賢を連れて帰ってしまった。

恩田は呆然《ぼうぜん》とする。

これまでにも様々な家庭を見てきたが、今まで恩田はずっとサブのポジションで、保護者と綿密なやり取りをするのはいつも担任だった。今年初めて担任を受け持ったことでわかることもあるのだ。

京野は朝も帰りも時間をきっちり守る。妻がいないのに靴は常にぴかぴかだし、スーツやシャツも、クリーニングなのだろうけれどいつもパリっとしている。かなりきっちりした性格なようだし、さぞや優秀な男なのだろう。子育ても、まだ始まったばかりだから難しいことが多々あるだろうけれど、慣れてくれれば難なくやってのけてしまいそうだ。

でも、足りない部分もあるように感じる。

時間とともにそれも改善されていくのだろうか。

最後の園児である賢が帰り、保育園は昼間のにぎわいが嘘《うそ》のようにしんと静まり返っている。

「京野さんと賢くんは、別の人間なんですよ……」

さっきはとっさに出てこなかった言葉を、無意味だとわかっていても恩田は声に出した。自分に言い聞かせる意味もあった。

京野は帰ってから眠るまでの間に、やるべきことがたくさんあるだろう。勤務時間が短くなって仕事の負担は軽減したとはいえ、なにからなにまで完璧にこなそうと思ったら疲れてしまうはずだ。

慣れてくれれば適当に息を抜くことも覚えるのだが、きっちりした性格だろう京野が手抜きをするようには思えない。

受け持っている子供たちはたくさんいるのに、恩田は京野や賢のことを考えてしまう。入ってきたばかりで気にかけてやらないといけない時期だから、ということもあるのだが、恩田がこの仕事を始めてから初めて父子家庭の子を預かったから、というのも理由のひとつだ。

もしも恩田が将来結婚したとして、離婚や死別などで自分一人で子供を育てることになったら、と考えると、いくら保育士でノウハウを持っていたとしても苦労するはずだ。同性として、働く男として、同じ立場でものを考えると、京野が心配になってしまうのだ。

もう少し話ができないかな。

ひんやりとした秋の風が吹いて、半袖だった恩田は小さく体を震わせた。


一夜明けて土曜日の午前中に、四人いるうちの上から二番目の姉が、小学四年生の甥を連れて恩田の家にやってきた。友人の結婚式に出席する予定だったのだが、急に夫の仕事が入ってしまい面倒を見られる人がいなくなってしまったのだ。実家が遠いので、まずは近場に住んでいる弟の恩田に打診してみたらしい。

幸い恩田は休みだったので引き受け、姉が参列している式場から数駅の場所にある遊園地に連れていった。

行楽日和《こうらくびより》のせいか人が多くて、どのアトラクションも長い行列だ。並んでいくつか乗って、ランチタイムを挟んで次はどれにするか相談しながら歩いていると、人混みの中に知っている顔を見つけた。

「京野さん、賢くん、こんにちは」

京野はあいさつを返しながら、恩田と甥とを見て少々驚いたような表情をした。

スーツ姿しか知らなかったので、京野の私服は新鮮だ。Tシャツにパーカー、ジーンズという恩田と似たような格好だと学生にしか見えない。

「恩田先生のお子さんですか？」

こんな大きな子がいても違和感がないらしい。目を丸くする京野に、恩田は苦笑いする。

「中三のときの子になっちゃいますよ。甥っ子です」

「え？　恩田先生っておいくつなんですか？」

「二十五歳ですよ」

「そうなんですか。てっきり同じぐらいなのかと思っていました」

すみません、と京野は申し訳なさそうな表情をした。

「いいえ、僕は昔から年齢プラス五歳ぐらいに見られていたので、気にしないでください。生まれたときからでかくて、甥っ子ぐらいのときにはすでに高校生の体格だったし、遊園地とか、年齢で料金が変わるような場所に遊びにいくときは、いつも保険証を持っていたんですよ」

恩田が茶化して言うと、京野の口元が少しだけ緩んだ。

——あ、かわいいな。こういう顔もできるんだ。

京野が初めて見せた柔らかな表情につられて、恩田も目尻が下がる。

もっと話したい。

恩田はそのためにどうするべきか考えながら会話を続ける。

「賢くんとキッズハウスに行ってたんですか？」

「ええ。まだ乗り物に乗れる身長ではないですから」

「僕も甥や姪が小さかったときは、何人も連れてよくそっちに行ったんですよ。賢くんも小学生になったら乗れるようになるかな」

ジェットコースターを指すと、賢は興味津々な目をそちらに向けた。

「恩田先生は面倒見がいいんですね」

保育園では恩田が話しかけて京野が答えるだけの素っ気ない会話だったのだが、今日は京野のほうからも話しかけてくれる。

今日は仕事が休みだから気が緩んでいるのかもしれない。

偶然が重ならなければ二度とこのようなチャンスはやってこないだろう。

あと半年弱、賢を預かる身としてもう少し京野家の事情を把握しておきたい、という気持ちで以前から話ができたらいいと思っていたのだが、恩田は少々考えが変わってきた。今は純粋に京野に興味を持ち始めている。

「せっかくですから、ご一緒にどうですか？」

「え？」

まさか誘われるとは思っていなかったのか、京野は目を見開いた。

「でも、賢はまだアトラクションには乗れないし、大きなお兄ちゃんをこちらの遊びに付き合わせるのはかわいそうですから」

「観覧車だったら乗れますよ」

京野の傍《かたわ》らでじっと立っていた賢に、恩田は提案してみた。

「かんらんしゃ？」

「そう、観覧車。あれだよ」

どのアトラクションよりも高い場所を指すと、賢の目がきらきらと輝いた。

「先生、賢くんと一緒に乗りたいな。お兄ちゃんも小さい子が好きだから、賢くんとお友達になれると思うんだ」

「賢くん、一緒に乗ろうよ」

「うん、のりたい」

甥が援護射撃をすると、京野は観覧車を見上げて困惑の表情を浮かべた。

もう一歩踏み込みたいという恩田の思いは、迷惑だったようだ。京野は、恩田を牽制《けんせい》するように言った。

「保護者と担任が保育園以外の場所で会うのはいかがなものでしょうか」

「ダメですか?」

「特定の保護者と親しくするのはあまりよくはないと思います」

「京野さんが女性だったら僕も対応の仕方は変えますけど、同性同士だから大丈夫じゃないですか? 悩んでいたり相談事があると言われたりしたら個別に話すこともありますし、別に後ろめたいことではありませんよ」

甥が賢の手を取り準備万端《ばんたん》。京野は三対一の劣勢だ。さらに期待に満ちた目を賢に向けられ、京野は拒否しずらい状況に追い込まれてしまう。

「……わかった。ただし、中で飛び跳ねたり騒いだりしてはいけないぞ」

京野は逡巡《しゅんじゅん》したのちに、賢に許可を出した。

「賢くん、よかったね」

「うん」

賢はうれしそうな表情で甥を見上げた。

小さな子供はだいたいお兄ちゃんお姉ちゃんが好きで、集団で遊ぶと年上の子に群がる傾向がある。賢も例に漏れず甥にはすぐに懐《なつ》いたようだ。甥もいとこ同士で交流があり、年下の子と遊ぶのには慣れている。賢の手を取って観覧車の乗り口に向かって走り始めた。

賢と甥が遊べば、京野も息抜きになるだろう。その分、恩田が注意して子供たちを見てやればいい。はしゃぐ二人の後ろを、恩田と京野が歩いてついていく。

先ほどは少し砕けた表情を見せてくれたのに、今ではすっかり苦虫を嚙《か》みつぶしたような顔になっている。誘ったことを後悔する気持ちが湧《わ》いてきたのだが、恩田はそれを振り切り観覧車に乗り込んだ。

恩田と甥の向かい側に京野親子が座る。

賢は窓ガラスに額を押しつけ、地上から離れていく様子を眺めている。その瞳は輝きに満ちており、楽しんでもらえたなら誘ってよかった。

温かい気持ちのまま、恩田は京野に視線を移す。しかし賢とは対照的に、相変わらずしかめっ面だ。

こんな状況では込み入った話はできないかもしれないが、一周約十五分という短い時間で、きっかけだけでもつかみたい。

「賢くん、ほら、あっちにスカイツリーが見えるよ」

賢が見ていた方角とは反対側を指さすと、賢は弾《はじ》かれたように立ち上がった。

「すかいつりー？　どこ？」

「け、賢。座りなさいっ」

せっかく興味を持って恩田のほうに移動してきた賢に、京野は普段よりも強めの口調で言った。

すごすごと京野の隣に戻っていく賢に、なんとも言えない気持ちが込み上げてくる。

安全面の観点から注意したのだろう。座れ、ということ自体は否定しないが、高速で動くアトラクションではないし、席を移動するぐらいは大目に見てやってもいいのではないか。そもそも、シートベルトもない乗り物なのだから。

観覧車はぐんぐん上昇し、次第に、窓から見える景色に視界を遮《さえぎ》るものがなくなっていく。

「賢くん、先生と席を交換してくれる？　先生、お父さんとお話ししたいんだ」

「はい」

スカイツリー側の席を譲られた賢は、うれしそうにぴょんと立ち上がった。その振動が体に伝わるや、京野の表情がさらに強ばる。

「賢、静かに移動しなさい」

一発目と比べると、京野の語気は弱い。

恩田は首を傾《かし》げつつ、立ち上がって自分と賢の席を交換する。

京野と賢が並んでいたときには意識していなかったのだが、恩田が反対側に座ろうとしたとき、京野がシートのほぼ中央に座っていたことに気がついた。弱まる語気に、色がなくなっていく顔。

もしかしたら京野は……。

京野は固い表情のまま窓際にずれたので、恩田は半信半疑で京野の隣に腰を下ろした。大人二人分の体重がかかったためか、ギッと音がして車体が動く。とはいっても体感ではほとんどわからないレベルの傾き具合だ。

ひざの上にあった京野の握り拳《こぶし》にさらにぎゅっと力が入ったのが、ふと視界に入った。それを見て、恩田の考えが確信に変わった。

「京野さん、大丈夫ですか？」

恩田が問いかけると、京野はすっかり血の気がなくなってしまった顔を向けてくる。

「もしかして、高所恐怖症ですか？」

「え……」

京野の決まりが悪そうな表情から、恩田は一瞬で状況を理解した。

京野はちらりと子供たちのほうに目を向けた。その仕草を見るに、賢には知られたくなさそうだ。

賢と甥は楽しそうに話をしていてこちらの会話は耳に入っていないようなので恩田は続ける。

「知らずに誘ってしまって申し訳ありませんでした。乗る前に言ってくれれば、子供たちと僕の三人で乗ることもできたんですけど」

賢のうれしそうな顔を見たら、自分だけ乗らないとは言いにくかっただろう京野の気持ちは理解できる。

「いや、ジェットコースターと違ってゆっくりだし、風もこないし、大丈夫かもしれないと思ったんです。でもやっぱり無理でした」

「目をつぶれば、少しは楽になりませんかね」

「いえ、それもなんか……、見えないのは、かえって不安です」

つらい状況に立たされている本人にしてみたら、たった十分でもとてつもなく長く感じるだろう。

少しでも恐怖を和らげるためには、どうすればいいのだろう。

恩田は中学二年生のときの林間学校で行われたきもだめしや、高校生のときに友人たちと入ったお化け屋敷の場面を思い返してみる。または公園など外に遊びにいって散歩中の犬に遭遇したとき、犬が恐い園児たちはどのような行動を取るのか。

友人たちは出口まで恩田にぴったりと貼りついていた。子供たちは恩田の足にすがりついた。

その光景が頭をよぎったときにはもうすでに、恩田の体は動いていた。京野の背中に腕を回し、顔を自分の胸に押しつけるようにして視界を遮ってやる。

今恩田にできるのは、京野を抱きしめてやることだ。

恩田には恐怖症がないから、京野の気持ちは汲《く》んでやれなかった。しかし体が小刻みに震えているのが直に伝わってきて、抱きしめる腕に自然と力が入る。

「え……、ちょ、ちょっと」

急に抱き寄せられた京野は、さすがに驚いたらしくて声がひっくり返った。

「見えないのが不安だったら、その分なにかに触っていたほうが安心できませんか？」

大丈夫だ、というように、恩田はさらに京野を引き寄せた。見た目どおりの華奢《きゃしゃ》な体つきで、下手したら骨を折ってしまいそうだ。

「目を閉じて、それで、僕にしがみついてください」

恩田は子供たちに聞かれないよう小さな声で言った。しかしさすがに抵抗があるのか、京野は恩田の腕の中でがちがちに固まったままだ。

「おとうさん、どうしたの？」

父親の異変を察知した賢が尋ねてくる。

「い、いや、これは……っ」

子供に見つかってまずいと思ったのか、京野は慌《あわ》てて恩田から離れようとした。しかし恩田はすかさず腕に力を込め、京野の動きを阻《はば》む。

「お父さんね、乗り物に酔っちゃったみたいなんだ。賢くんは乗り物に乗って気持ち悪くなったことはない？」

恩田が質問すると、賢は首を左右に振った。

「バスでえんそくにいったら、おとなりのせきのしんちゃんが、きもちわるいっていってた」

「そうだね。今のお父さんはそのしんちゃんと同じみたい。だから先生が支えてあげているんだ。おしゃべりはしていいけど、ぴょんぴょん飛び跳ねたりお席の交換はなしにしよう。お約束できる？」

「はい」

子供ながらに、元気がない父親を見てなにか感じることがあったのだろう。賢と甥は素直にうなずいた。

「おとうさん、だいじょうぶ？　おりたらおくすりかいにいこうね」

「ああ、大丈夫だ。ありがとう。しばらくしたら治ると思うから、薬は大丈夫だ」

京野が目を見てしっかりと伝えると、賢は納得したらしい。しばらくは神妙な顔をしていたが、甥と突き合いをしているうちに、すぐにまた二人で遊び始める。

泣いている子供をあやすときみたいに、恩田は京野の背中をゆっくりとなでてやる。

子供たちの意識が自分から逸《そ》れてほっとしたのか、または恩田が介抱《かいほう》してやっているということを素直に受け入れたからなのか。京野がおずおずと恩田の体に両腕を回してきた。外の景色を完全に排除するために、目をぎゅっと閉じた上、顔を恩田の胸に押しつける。

ふんわりと、ほのかにいい匂いがする。京野は香水をつけるタイプには思えないし、洗剤か柔軟剤か、その手の香りなのだろう。凛としていて孤高そうな京野のイメージどおりの、清潔なイメージだ。恩田は鼻から息を大きく吸い込む。全身を京野の匂いに包まれ、温もりを感じて手のひらが汗ばんでくる。ワキの下もびっしょりだ。

やましい感情はこれっぽっちも持っていないのに、恩田は変に意識してしまう。京野は男なのに。

「大丈夫ですか？」

恩田は動揺を隠し、少しでも京野の気持ちが落ち着けば、という意味合いも込めて尋ねてみた。すると京野は恩田の胸に頬《ほお》をつけたまま、首を縦に振った。先ほどと比べると、京野の震えは治まっている。

知らずに乗せてしまったのは失態だったが、フォローはできたはずだ。

遠くに富士山《ふじさん》を見つけた甥は、賢に教えてやる。二人してそちらの方角の窓にべったりと張りついて、山や高層ビルについて話している。

小学生と接する機会が少ないだろう賢は、甥にとても懐いていた。自ら積極的に話しかける姿は、園ではあまり見られない。普段と違う賢を見られたことだけは、観覧車に乗せてよかったと思える点だ。

最高地点に到達し、あともう半分だ。目をつぶっていても、下がっていく感覚は京野も体で感じているだろう。

胸の辺りにある京野の後頭部を見下ろす。頭は小さいし、肩や腕なども男性としては小づくりな上、痩《や》せ型なので心配になる。仕事に賢に日常生活に、するべきことをいくつも抱えて、体力が持つのだろうか。

やはり二人の生活が落ち着くまでは、賢だけではなく保護者である京野にも目を配るべきだ。

恩田は強くそう思った。

「もうおわっちゃうね」

「早かったね。賢くん、楽しかった？」

「うんっ！」

京野は子供たちの会話を聞いて目を開けた。今自分がいる高さを把握して、大丈夫と思ったのか恩田から体を離す。

「ありがとう。もう大丈夫だから」

まだ少し高さがあるから、もう少しこのままでいたってよかったのに。いや、なにを考えているんだ。

恩田は名残《なごり》惜しさを感じた自分に首を傾げる。

「京野さん、無理やり誘ってしまって本当にすみませんでした」

「いや、大丈夫。僕一人だったら乗れないから、かえってよかったよ。賢も楽しそうだったし」

天井も開いていない箱の中に座り、ゆっくりと動いているだけの観覧車ですら京野はこのような状態だ。ジェットコースターなどの風を受けながら高速でアップダウンする乗り物は、一生乗れないに違いない。

賢を思いやる京野の言葉には温かみがある。少々厳しい面はあるけれど、手探りしながら奮闘している様子が伝わってくるから、恩田は応援してやりたくなる。

「今日恩田先生と会えてよかった……、っとすみません」

恐怖のピークを越えたことで、気が抜けてしまったのだろう。普段よりも口調が砕けていたことに気づいた京野は、恥ずかしそうに髪の毛をかき上げた。その姿に、恩田は目が釘づけになる。

京野は社会でバリバリ働いている男性なのだし、頼りなかったり庇護《ひごよく》欲を駆り立てられたりするような人ではないはずだ。しかし学生に間違えられるような若さに驚いたせいなのか、京野の素《す》の部分に影響されたのか、なんだかわけのわからない妙な色気とはかなさを感じるのだ。

少しは距離を縮められただろうか。話しやすい関係になれば、賢についてのアドバイスなり報告なりがしやすくなる。もしも京野がＳＯＳを出していたら、気づきやすくもなるはずだ。

ようやく恐怖から解放された京野は、ほっとした顔でステップを降りていく。その後ろから、子供たちが楽しそうに笑いながらついていく。

「保護者のみなさん、けっこう気さくに話しかけてくれるんですよ。京野さんにもお願いしたいです」

「え、でも……」

人にもよる、というのが前提ではあるが、おしゃべりができない頃から子供を保育園に預けている保護者たちはすっかり慣れたもので、フランクな話し方をする人が多い。

恩田のほうは仕事なので、砕けた口調になり過ぎるわけにはいかないのだが。

「無理にとは言いませんよ。京野さんのやりやすいようにお願いします。でも、いちいち謝らなくていいですよって話なので」

「……わかりました」

大人に敬語を使いなさい、と賢に教えている手前、京野自身が敬語をやめるわけにはいかないのかもしれない。

とはいえ、京野が徐々に心を開き始めた気がするので、恩田はもう一歩踏み込みたいのだが、観覧車の件など失敗したときを思うと、二の足を踏んでしまう。一度警戒心を持たれてしまうと、トラブルが発生したとしても打ち明けてくれなくなってしまう可能性があるから難しい。

お節介《せっかい》にならない程度に、もう少し京野の心の中に入り込めたらいいのだけれど。

恩田は茜色《あかねいろ》に染まりつつある空を見てから、腕時計を確認する。もっと話をしたかったが、タイムオーバーだ。

「京野さん、そろそろ姉との待ち合わせの時間なので、僕たちはこの辺で失礼します」

帰る素振りを見せると、賢が残念そうな顔をした。甥に懐いていたので、また機会があれば一緒に遊びたい。

「じゃあうちも帰ろう」

京野が言うと、賢は名残惜しそうではあったが素直にうなずいた。

恩田と姉は遊園地の最寄り駅で待ち合わせしており、駅に着くと、引き出物のバッグを持った姉がすでに待っていた。

甥はもう大きいので恩田に預けられてもどうということはないのだが、やはり母親に会うとうれしいらしくて、姉の姿を見つけると走っていった。

姉たちと別れ、恩田と京野たちは一緒のホームに上がった。

すぐに電車がやってきて乗りこんだはいいけれど、車内はやや混雑していた。賢は「座りたい」や「疲れた」などとは一切言わず黙って立っている。

午前中から遊んでいたので、疲れていないわけがない。しかも普段はしている昼寝の時間がないのだから、眠い可能性もある。そう思って足もとを見てみると、案の定、賢はポールをつかんだまま うとうとしていた。

次の駅でドアが開くと、買い物帰りの客たちが大勢乗り込んできた。賢は人の波に押されてよろめく。

「おっと、危ない」

京野は賢に意識が向いていなかったらしくて、恩田のほうが先に届いた。

「賢くん、危ないから抱っこしよう」

賢を抱き上げる恩田に、京野はぎょっとした顔をして、慌てて手を伸ばしてきた。

「恩田先生、僕が抱きますから」

「大丈夫ですよ。賢くんも、顔の位置が高いほうが息苦しくなくていいと思いますので」

恩田はそう言ってから、自身の失言に気づいた。直接的な言葉ではないにしろ、京野に対してチビと言ったも同然なのだ。

しかし恩田と京野とどちらに抱かれていたほうが楽なのか、と賢の身になって考えてみれば、この車中においては恩田だ。

それらのやり取りをしていると、こてん、と賢の頭が肩に落ちた。抱かれてすぐに寝入ってしまった賢を見て、京野はなんとも言えない複雑そうな表情になる。

「すみません。じゃあ、よろしくお願いします。お休みの日までお仕事させてしまったみたいで申し訳ない」

「甥や姪の世話で慣れていますからね。仕事というよりは、親戚《しんせき》の子を預かるような感覚ですから気にしないでください。甥たちの友達までまとめてプールに連れていったりとかもしていたし、僕、子供と遊ぶのが好きなんですよ」

「そう思えるのがすごいな。僕も賢の母親も一人っ子だから僕も甥や姪と遊ぶっていう経験はないし、賢ですらまともに遊んでやったことなんかなかったのに」

京野の心の内側を、少しだけのぞけたような気がする。

京野は厳しい一面を持ってはいても、もしかしたら本心では話を聞いてほしいのかもしれない。そう考えてしまうのは都合がよすぎるだろうか。

「京野さん、このあとのご予定はありますか？」

「いえ、賢もいるし、帰るだけです」

「じゃあ賢くんと三人でごはん食べませんか？　うちに来てくださいよ」

「恩田先生の家で？」

「凝《こ》った料理はできませんけど。ファミレスとか飲食店のほうがよければそれでもいいですし」

京野は困った顔をしている。帰るだけだと言ってしまった手前、断りづらいらしい。

嫌なものは嫌だ、とはっきり言うタイプなのかと思ったら、意外とそうでもないようだ。または、賢の担任だから気をつかっているのか。

保護者と親交が深まったからといって、恩田は賢を特別扱いしたり、断られても賢を邪険《じゃけん》にしたりなどしない。そのあたりの線引きはしっかりしているつもりだ。

遠回しな言い方で伝えるのがまどろっこしくて、恩田は直球勝負に出た。

「本音を言うと食事っていうのは建前で、賢くんの家庭での状況とか、なにか京野さんが困っていないかとか、そういうことを少しお話ししたいんですよね」

当初は食事をしつつそれとなく話を持っていこうと思っていたのだが、恩田は駆け引きが苦手なのだ。下手に理由をつけるよりも、真正面から伝えたほうが気持ちは伝わると思いたい。

すると京野は「そういうことか」とつぶやき、表情が少し柔らかくなる。

「さっき聞いたけど、保護者と先生が親密になってもいいんでしょうか」

「個別の付き合いは禁止、というところもあるんだろうけど、うちは親と担任、子と担任、ではなくて、親と子と先生と、みんなで関わっていくようにしているんです」

「親までフォローするなんて職務外じゃないんですか？」

「そのあたりは経営者の方針次第ですよ」

とはいえ保護者との面談は基本的に職員室や空き教室など、園の中で行われるのがほとんどだ。しかし正直に話してしまったら京野は来てくれないだろう。例外がないわけでもないので、心の中にしまっておく。

　恩田の言葉に納得したのか、または賢について話したいこと聞きたいことがあったのか。京野は自宅最寄り駅のふたつ手前、恩田が住んでいる駅で賢と一緒に電車を降りた。

　電車の揺れから徒歩に変わったせいか、賢が目を覚ました。

「あ、起きたんだね。おはよう、賢くん」

「おはようございます」

「お昼寝の時間短かったけど大丈夫かな？」
　二、三十分程度だったが、すっきり目覚めたらしく元気そうだ。降りる素振りを見せたので、賢を歩かせることにした。
　賢は年齢のわりにはしっかりしており、甘えの部分を見せてくれない。眠くて不機嫌になったり起き抜けにぐずぐずしたりということがないという点も、京野が育てやすいと言う理由のひとつだろう。

　恩田の住んでいる八畳フローリングのワンルームのアパートは、駅から徒歩十分程度の場所にある。

　普段からそこそこきれいにしているつもりだが、人を招くには少々雑然としている。掃除をしておけばよかった、と恩田は少し後悔した。

　料理に興味を示した賢と一緒に、リクエストされたカレーを作った。賢にはルーを割って入れることと、レタスを洗ってちぎって皿に盛ってもらう手伝いをしてもらう。大人たちはビール、賢はお茶。箸《はし》とスプーンを並べるまでのテーブルセッティングは賢に任せた。

食べ始めてすぐに、賢は手を滑らせスプーンを床に落としてしまった。その瞬間、賢は顔色をうかがうような視線を京野に寄越《よこ》した。

「賢、ちゃんと――」

「賢くん、スプーン洗いに行こう」

恩田は京野の言葉を遮り、スプーンを拾った。

賢は再び京野をちらっと見てから恩田についていてくる。

恩田たちがテーブルに戻ると、注意するタイミングを失ってしまった京野は眉根を寄せていた。

「恩田先生、マットを汚してしまって申し訳ありません」

「汚れぐらいどうってことないですよ。気にしないでください。賢くんも気にしなくていいからね。冷めちゃうからカレー食べよう」

クッションに座らせ食事を再開するも、賢は京野の顔色をうかがってばかりで食事が進まない。

「賢くん、先生もお箸落としちゃうことがあるんだ。でもスプーンとかマットは洗えばきれいになるからね。きっとお父さんも、今まで生きてきた中で一回二回はお箸やスプーンを落としちゃったことはあると思うよ」

だれにでもあることなのだ、と言いたかったのだが、嫌味に受け取られてしまうかもしれない。

恩田の言葉を聞いて、賢が京野を見た。それにつられて恩田も視線を向ける。

京野は先ほど以上に気難しそうな顔をしていた。恩田はスプーンを落とすよりも大きなミスをやらかしてしまったようだ。京野もなにか思うことがあったのか、賢をこれ以上叱ることはなかった。

あらためてカレーを食べ始めたが、やはりまだ京野の顔色が気になるのか、賢の食べるスピードは上がらない。

恩田と京野は食べ終わってしまい、ビールを飲みつつ賢を見守っていた。

「賢くん、お腹いっぱいになっちゃった？」

完全に手が止まってしまったので、恩田は声をかけた。顔をのぞき込むと、目がとろんとしている。

「眠くなっちゃったんだね」

スプーンを持ったままうとうとし始めた賢を見て、京野は不思議そうな声で言った。

「まだ八時前なのに」

「お昼寝の時間が短かったからでしょう。朝からお父さんとお出かけして楽しかったんだろうし。遊び疲れてしまったんだと思いますよ」

「僕と二人で出かけて、この子は楽しいんでしょうかね。恩田先生たちと合流してからのほうがはしゃいでいたし」

「もちろん年齢が近いお友達がいたら楽しいけど、お父さんと出かけるのだってうれしいですよ」

「だったらいいんだけど……」

京野はぽつりとつぶやく。

しかし次の瞬間、我に返ったような表情になった。

「完全に眠ってしまう前に帰ります。食事が終わってないのに申し訳ありません。片づけします」

「大丈夫ですよ」

皿をシンクに運んで戻ってきた京野が、またはっとした顔をする。

「歯磨きしないと」

次から次へと、しなければならないことが頭に浮かんでくるらしい。

京野は夜まで外にいる予定ではなかっただろうから、賢の歯ブラシなど持っていないはずだ。

ビールを何本か空けており、酔いが回っているのか、京野のおたおたする姿は普段なかなか見られないので新鮮だった。思わず「落ち着いたらどうか」と言いたくなる。

食器など別に明日の朝まで放置していたってかまわない。歯磨きも帰ってからすればいい。しかし深く寝入る前に、という京野の思いもわかるので、恩田は新品の歯ブラシを渡した。

「皿は大丈夫ですから、賢くんのことをやってあげてください」

「あ、ありがとう。その、催促したわけではないんだが、そう受け取られてしまったなら本当に申し訳ない」

催促だなんて感じなかった。ただ、キリキリしているな、とは思った。

「賢、帰る前に歯磨きをしてしまおう。口を開けて」

しかし賢は目覚める気配がない。何度か声をかけたものの反応がなかったため、京野は指で強引に賢の口を開かせ、子供の歯には大きすぎる歯ブラシで歯を磨いてやる。その間、京野は唇を引き結んだままだ。

賢の布団カバーは毎週アイロンがかかっているし、汚れた衣類は週が明ければきれいになっている。忘れ物をしたことがないし、送迎の時間も守ってくれる。賢の髪に寝癖もついていない。

当たり前にできるだろうということでも、せかせかした毎日の中ではうっかりしてしまうこともあるのだ。ましてや一人で育てているのだから、見落としてしまっても不思議ではない。しかし京野は一生懸命子育てしようとしているし、その思いは賢の身の回りの持ち物や言動にしっかり現れている。

恩田が見た範囲でしかわからないが、京野は感情的に怒らないし、言っていることも真っ当だ。ただ、少々細かいことと、相手が子供だということを考えると、少々厳しい人だ。

ただし今までの京野の言動を総合的に考えると、もしかしたら賢への接し方がわからないのかもしれない。そう思ったら妙にしっくりした。

「京野さん、僕はあくまで保育士として子供たちと接しているし、子育て経験のあるベテラン保育士さんと違って父親の経験もないので、育児そのもののアドバイスっていうのは難しいんですけど」

賢の歯磨きを終えた京野に、恩田は声をかけた。

「なにもかも完璧にしようとすると疲れてしまうと思うんですよ」

京野自身に問題があるというよりも切羽詰《せっぱ》まっているように見えたのでそう言ったのだが、京野には恩田の意図どおりに伝わらない。

「手を抜けってことか？」

京野の顔つきが硬くなる。

「まあ、わかりやすく言うとそうなんですけど」

「賢の母親に育児を任せきりだった僕がこれを言うのはおかしな話だけど、適当に育てるなんてできない。もしも賢がトラブルを起こしたら、父子家庭だからと言われてしまうかもしれないじゃないか。だから手を抜くわけにはいかないし、賢にも、他人に迷惑をかけないよう言ってるし、日々のことをしっかりできるように育てていかなきゃいけないんだ」

「賢くんは素直だし、お友達にも優しいですよ。年下の子とも遊んであげていたりもします。京野さんや賢くんのお母さんの思いは届いていると思いますよ」

「幼少期の教育や躾は重要だ。今しっかりやっておかないと賢が将来困る。家庭生活を顧《かえり》みずに仕事ばかりしてきて賢には寂しい思いをさせてしまって、だからこれからはそういう思いをさせないように、僕はいろいろ考えているんだっ」

京野は少々興奮気味にまくし立てた。

親子二人での生活が始まってからまだ日は浅く、京野はいっぱいいっぱいなのだ。それなのに恩田からチクリと言われて、自分のやり方を否定されたように受け取ってしまったのだろう。

「変なふうに受け取られてしまったら申し訳ありません。もちろん靴を脱いだらそろえてしまうとか、あいさつをするとか、そういうのはとても大事なんですけど、しっかりして見えても賢くんはまだ小さいから、抱っこしてあげたり手をつないだり、そういう触れ合いがあるといいと思うんですよね」

「手を、つなぐ？」

京野の声のトーンが下がる。

躾の話をしているかと思えば恩田がまったく関係ない話をしたため、虚をつかれたようだ。

「一緒に歩いてるときとか、お買い物をしているときとか、ちょっとしたときに。安全という意味もありますけど」

恩田は今まで、京野と賢が手をつないで歩いているのを見たことがない。

「そうか……」

「お父さんと手をつないだり抱っこしてもらったりしたら、賢くんもうれしいと思いますよ」

恩田が重ねて言うと、京野は考え込むようにうつむいた。

「僕にはそんな発想がなかった……」

恩田には京野の言葉が信じられず聞き返す。

「発想がないって、京野さんだって子供の頃は親と手をつないでいたでしょう?」

親とは疎遠だ、と面談のときに言っていたので、親がいなかったわけではないはずだ。しかし複雑な事情もあるかもしれないのに親との思い出を当然のように語った恩田は、またしても失言してしまったかもしれない。

思ったことがすぐに口から出てしまうのは、恩田の悪い癖だ。ましてや相手を傷つける可能性があるので、気をつけなくてはいけないのに。

「僕が生まれてすぐに両親は離婚して、僕は京野家の跡取りということで父親に引き取られたんだ。母親の顔は若い頃の写真しか見たことがないし、父親は厳しくて、手をつないだことなんてない。赤ん坊のときは知らないけど、物心ついてから抱かれた記憶はない。遊んでもらったこともないし、幼少期の思い出といえば家庭教師と勉強していたことぐらいだ」

「そういうご事情があったなんて知らず、ずけずけと言ってしまってごめんなさい」

「別にかまわない。僕は人の心を察するのが得意ではないから、ダメなことはダメだと言ってもらえたほうがいい。僕は厳しい父親が嫌いで、あの家が息苦しくて、早く独立したかった。早く自分の家庭を持ちたくて、同級生の中では一番早く結婚した。子供には自分が味わった思いはさせたくないと思っていたはずなのに、僕は父と同じことを繰り返していたんだ……」

自分が育てられたやり方が、京野にとっての「当たり前」なのだ。京野の言葉から察するに、きっと寂しい幼少期を送ったに違いない。京野の賢への接し方も、ますます理解できる。

自分の育った家庭が基準になるのは自然な流れだし、京野が自身を責める必要はない。ただ、別の家庭で育った賢の母親とすり合わせをしながら自分の家族を作っていけたなら、それがベストだったのだろうけれど。

離婚後に過ちに気がついたのは遅かったのかもしれないが、後悔したことで、今、京野は努力しているのだ。今までよりもこれからの人生が長いのだから、ミスだったと思った部分は軌道修正していけばいいのではないか。

賢の傍らに座って背中を丸めている京野の体が、なんだかとても小さく感じられた。社会的な意味で見ればエリートで、立派な成人男性なのに、なぜか頼りなく見えてくる。

京野は動かなくなった。眠ってしまったのだろうか。

京野が子供だったら、頭をなでてやれるのに。高く抱き上げて気分をリフレッシュさせてやれるのに。強く抱きしめて安心させてあげられるのに。

しかし恩田よりもよほどしっかりしている京野相手にそんなことなどできないし、してやりたいと思ってしまうことすら憚《はばか》られるのではないか。

恩田はなぜそんなふうに思ってしまったのか自分でもわからないまま、無意識に京野に手を伸ばす。

「掃除は週末ぐらいしかできないから部屋が雑然としているし、料理も得意じゃないから、いつも同じようなものしか作ってやれないし、賢には負担をかけているな。父のように家政婦を雇うべきなんだろうけど、僕は家政婦との相性が悪くて居心地が悪かったから」

眠ってしまったのかと思ったら、京野がまた話し始めたので、恩田は心臓が止まるかと思った。細くて柔らかそうな髪に今にも触れてしまいそうだった手を慌てて引っ込めた。

生活スタイルががらりと変わって戸惑《とまど》いの連続なのだろうけれど、守るべき存在がいるのだから、京野には踏ん張ってほしい。今が充分すぎるほどがんばっているから、少しだけでも手を抜く術《すべ》を覚えたら、気持ちはもっと楽になるだろう。

「保育士としてではなくて、個人的な意見なんですけど、賢くんがハウスダストなどのアレルギー持ちじゃなければ、掃除なんて週一でもいいと思うんですけどね」

「汚いじゃないか」

「そりゃ理想は毎日掃除機なんでしょうけど、足の踏み場がないぐらい散らかっているというのでなければ、掃除ぐらいさぼったっていいんじゃないですか？　京野さんの体はひとつしかないんだし、なにもかも完璧にやってたらぜんぜん休めなくて疲れちゃいますよ。まずは布団カバーにアイロンをかけるのをやめてみるとか」

「ハンカチとか自分のアイロンがけのついでにやっていることだから、布団カバーは負担になっていない」

「まあ、負担じゃないならいいと思いますけど。でもカバーにアイロンしてる家庭ってほとんどないですよ」

「そうなのか？」

京野は心底驚き、目を丸くする。

「ええ、みなさん忙しいですからね。清潔であることが重要なので、洗ってあればいいんですよ」

「……そうなのか」

京野はカルチャーショックを受けたような顔でビールに口をつけた。

朝一番に来て閉園までいる子供は、この園では今のところ賢だけだ。最近入園したばかりの京野は、時間的にほかの保護者と顔を合わせる機会がほとんどなく、またあったとしても母親が多いので、親しく付き合うこともないだろう。

園側としてはアイロンされていても洗いっぱなしでもどちらでもかまわないので、とくにどうしろという指示はしないのだが、まずみんなアイロンなどかけていない。途中で入ってきた京野には、そんなことしなくていいのよ、と教えてくれる人もいなかったのだ。

知ることで京野が楽になるなら、どうでもいいと思われるような些細なことも伝えたい。

「理想は一汁三菜なんだろうけど、無理なら無理って割り切って、カレーとかスープに野菜をいっぱい入れればいいと思います。見て楽しむことまで考えるならサラダにコーン入れて緑と赤と黄色が補充できるし。自分にできることを、できる範囲の中でひとつずつやっていけばいいと思います。がんばっている京野さんの姿を見て、賢くんは育つんですから」

「そんな大ざっぱでいいんだろうか。父子家庭だから食事もロクに作ってやれないんだって言われたくない。でも今まで料理なんかしたことがなかったから試行錯誤《さくご》中で……」

京野の父親が料理をしない、息子に料理をさせない人だったのだろう。跡取りとも言っていたし、家政婦がいたくらいだからそれなりの家であることには違いない。

「そりゃ京野さんの育った家は、家政婦っていうプロが仕事として家事をしていたんだから完璧だったと思いますよ。だから京野さんがそのレベルの家事をしようとしても、プロじゃないんですから無理ですよ。ほかに仕事があって、賢くんもいるし」

京野は魂が抜けてしまったような、感情が読み取れない表情になってしまった。今までがんばってきた自分を否定されたと感じたり、無駄だったと思ってしまったりしたのかもしれない。

そういうつもりはまったくないのだ。ただ京野に力を抜いてほしかっただけで。しかし恩田がなにか言うたびに思いとは真逆《まぎゃく》の方角に向いてしまってうまくいかない。

「京野さんを否定するわけじゃなくて、そんなにがんばらなくても大丈夫なんだって言いたかったんです。ホント、それだけです。うちは祖父母がいたし、兄弟が多くて大家族だったから、いつも大皿料理だったたし。一、二匹ずつ焼いてたら冷めちゃうから、魚といえば煮付けだったたし。食事から風呂、就寝まで流れ作業で毎日ばたばただったし大ざっぱもいいとこだったので、恩田家の事情は参考にはならないでしょうけど、適当に育てられててもなんとかなってる見本もいますので」

なにか言えば言うほど墓穴を掘っているように感じられて、恩田は語尾が小さくなっていった。

そんな恩田を見ていた京野の表情がふっと緩んだ。笑いかけられたように感じて、心臓がぎゅっと握りしめられたみたいな苦しさを覚えた。

「これぱっかりは育ってみないとわからないんだろうけど、恩田先生のような家庭で育てば、賢も明るくて優しい子になるのかな」

京野の顔はなんだか寂しげだ。酒が入っているせいか、オフだからなのか、いつもよりも表情がころころ変わるから、恩田はそのたびにどぎまぎしてしまう。

「別居して離婚して、保育園の空きがなくて賢の母親に幼稚園の送迎や僕の仕事が終わるまでの面倒を見てもらったりとかして、当然その間も衝突はあって……」

急に身の上話を始めた京野に、今度は恩田が困惑する番だ。

「家庭のゴタゴタのせいにしたくはないけど、離婚がきっかけで責任ある立場から外されてしまったんだ。保育園が七時半までだから、どんなに遅くても七時までには会社を出なくちゃいけないし、出張もできないから、仕方ないんだが……」

話し方や顔を見ていると、明らかに酔っている。それほど飲ませたつもりはなかったのだが、もともと弱いのかもしれない。

家庭を顧みなかったほどの仕事人間がやり甲斐を失ったら、ショックは大きいだろう。それでも今まで愚痴《ぐち》を言わず、賢を疎《うと》ましがる素振りを見せずに、京野はよくやっていると思う。しかし家と会社を往復する毎日だし、それ以外の時間は常に賢がいるから、友達や同僚たちと飲むなどしてストレスを発散させる時間はない。しかし今の京野には恩田がいる。

話して鬱々《うつうつ》とした気持ちが解消できるなら、いくらでも聞いてやりたい。

「あの、答えづらかったら流してください。賢くんのお母さんは今どうされているんですか？」

不躾な質問をしている自覚はあるのだが、恩田は京野の環境が気になる。些細なことから重要な部分まで、京野のことが知りたい。単純な興味で他人の中に踏み込んでしまっていいのだろうか、という気持ちが一瞬頭をよぎったのだが、好奇心のほうが勝った。

過去に京野が、賢と母親は会わない、と言っていたことが引っかかっているのだ。

「賢の母親は、不倫していたんですよ。まあ、僕が仕事優先で、家には寝に帰っているだけという状況だったので、しょうがないんですけど」

京野は髪の毛をかき上げ、テーブルにひじをついて頭を抱える。

妻側の有責だから京野が賢を引き取った可能性は考えていたが、恩田の予想の上を行く事実が待っていた。

「離婚してくれって言われて、事情を聞けば不倫相手と再婚したいからって。相手は相当な資産家らしくて、将来の相続の問題だと思うんだけど、父親、つまり僕に賢を引き取らせなければ結婚しない、今後一切賢との交流は認めない、と言ったらしくて。要するに、結婚の条件として、二度と賢には会うなって言われて、賢の母親はそれをのんだんだ」

恩田はまたしても古傷をえぐってしまった。苦しそうな声でぽつりぽつり話す京野を見ていると、恩田も一緒につらくなってくる。

母親だから百パーセントの愛情を子供に向けるかといえばそうでもなくて、自分の子供よりも男性を優先してしまう人もいる。賢の母親は後者だったのだ。

賢がかわいそうだ、と考えるのは安易だろうか。家庭には、夫婦には、それぞれの事情があるのだから、外部の人間がとやかく言う権利はない。しかし賢はまだ、守るべき人がいないと生きていけない小さな子供なのだ。不在がちの京野とは違い母親とはずっと一緒にいたのだから、賢はきっと寂しい思いをしているだろう。

「あちらの要求を全部のんでしまってよかったんですか？」

「よかったもなにも、嫌いだ顔も見たくないって言われているのに、一緒に生活なんてできないだろう。裁判で争うのも面倒だよ。今どこに住んでいるのかも知らないし、賢を捨てた女のことなんかどうでもいい。執着心がなくてあっさり切り捨ててしまえるところが、僕が冷たいって言われる理由なんだろうな」

賢を捨てた、と京野の口から言わせてしまった。京野に関心を抱いて興味本位で内側に踏み込んでしまった自分を、恩田は少しだけ後悔した。けれど同時に、知ってよかったと思ってもいる。

「一度は家族になった相手をそんなふうに思うなんて、ひどいって自分でも思うよ。僕の無関心さが招いた結果だ。父のようにはなるまいって思ってたのに」

恩田の想像していた以上に複雑な家族関係だった。相当自分を責めており、京野の家庭へのコンプレックスも根が深そうだ。

「京野さん、まだ始まったばかりですよ」

過ぎてしまった時間は取り戻せないけれど、未来は自分次第でどうにでもなる。

そういう願いも込めて恩田が言うと、頭を抱えていた京野が顔を上げた。

胸の中にたまっていた黒い塊《かたまり》を吐き出したせいなのか、憑《つ》き物が取れたような顔をしている。すっきりとは程遠いものの、少しは楽になったに違いない。問題の解決ができなくても、愚痴るだけでも気持ちがぜんぜん違ってくるはずだ。

恩田は賢の担任だ。賢が健やかに育つには、親も心身ともに健康であるほうがいい。その手助けをしていきたい、と恩田はあらためて思った。

「恩田先生みたいな人が父親だったら、離婚して子供を一人で育てるってなった場合でもうまくやっていけるんだろうな」

　京野はふっとため息をついて目を閉じた。

「……あぁ嫌だ。酒が入るとダメだな。ついしゃべり過ぎてしまう。恩田先生、ここでの話は全部忘れて」

「忘れないですよ。これからも、悩んでいることがあったら教えてくださいね」

「クラスの子たち、三十人ぐらいか。全員の親の相談に乗るのか？」

「相談してこない人もいますし、ちょっと立ち話で終わる家庭もあるし、まちまちですよ。でも全員が悩んでいるなら、園としては協力をしていくつもりです。僕も担任として、京野さんや賢くんの力になりたいと思っていますから」

　恩田が言うと、京野がこちらに顔を向けてくる。

　京野は一人ではないのだ、こちらには手助けする準備があるのだ、ということが伝わるよう恩田もしっかりと視線を返した。すると京野は、困ったように眉を下げた。

　顔が赤く、酔っているのは明らかなので、明日の朝には今晩のやり取りを忘れてしまっているかもしれない。それなら恩田は、何度でも手を差し伸べる。

「そうだ。京野さん、携帯電話の番号教えてください」

「提出書類に書いてあるだろう」

勝手に登録していい、ということなのだろうけれど、それはまずい。

「個人情報を私的に使っちゃダメだから、京野さん本人に聞いてるんじゃないですか」

「ああ、そうか」

京野は納得してうなずいて、空で自分の携帯電話の番号を口にした。

「ちょ、ま、待って……。早いですよ。もう一回」

突然だったためになんの準備もしておらず、恩田は慌ててジーンズのポケットから携帯電話を取り出した。

「はい、お願いしま……っ」

ようやく力が抜けてきたのか、京野はリラックスした表情だ。

酒が回っているせいだ。しかしこの瞬間を引き出せたのは恩田だ、と自惚《うぬぼ》れることにする。

口頭で聞き出した電話番号に恩田がかけると、どこからかバイブの音がした。

「登録してくださいね」

「あとでな」

「今やってくださいよ。登録してない番号からかかってきたら、どれが僕のかわからなくなっちゃうじゃないですか」

「電話なんかほとんどかかってこないから大丈夫だよ」

京野の表情は変わらず、自虐で言っているわけではなさそうだ。しかし親や姉から頻繁に連絡がくる恩田は、京野の言葉に戸惑って、うまく切り返せなかった。

「なに固まってんだよ」

「え、いや……、その」

悩みを打ち明けるような人もいないのだろうか。

子育てもスタートしたばかりで、情報を共有できる知り合いがいなくても仕方がないのかもしれない。勤務時間が長くてただでさえほかの保護者と会う機会がない上に男親だから、女性のコミュニティーには入りづらいだろう。

京野はクールな美形だし、身なりもきっちりしていて、エリート然とした雰囲気をにじませている。独身ならさぞやモテるに違いないのだが、なんせ他人を寄せつけないオーラを隠さないので、保護者の中に溶け込むにも時間がかかるだろう。そもそも、本人にそのつもりがあるとも思えない。

やはりここはひとつ、恩田が力になろう。いや、力になりたい。

恩田の心が決まった頃、京野が帰り支度を始めた。

もっと話がしたかったので残念だが、長々と引き留めても迷惑がかかってしまう。

恩田は賢の荷物をまとめて玄関に運び、リビングに戻ってくると、京野はテーブルに突っ伏していた。

起こして二人とも帰したほうがいいのだろう。タクシーを呼んでやれば、すぐに帰れる。しかし恩田は二人をこのまま休ませてやりたい気持ちのほうが強かった。

客用の布団を敷き、賢と京野を運んでやる。

賢は当然として、やはり京野も子供みたいに軽くてびっくりだ。

母は強し、という言葉があるが、間違っていないと思う。母親だけで育てている家庭はあり、それぞれ苦労はあるのだろうけれど、少なくとも表面上は、なんだかんだでうまくやっているように見えるのだ。

京野家のようにはらはらしてしまう家庭に遭遇したのは、恩田は初めてだ。急に賢を育てることになった、という特殊な環境も相まっているのだろう。子供が生まれたときから育児に関わっていた父親なら、恩田はここまで気にかけていなかったはずだ。

京野と賢と、うまくやっていけるよう手伝いたい。賢が健やかに育つためにはまず、京野から。

賢に布団をかけてやる。

京野は大人だし、なんとなく性格的に、服のしわが気になるタイプのように感じるので、恩田はパーカーを脱がせ、Tシャツとジーパンのまま寝かせた。Tシャツ一枚になった京野の体は、華奢であることがより強調された。男にしては細いこの腕で、賢を守っていかなければならないのだ。

意図はないつもりだったが、恩田はいつしか京野の顔を見ていた。

すべての苦しみから解放されたような寝顔から疲れが伝わってきて、なんだか切ない。

恩田は京野の髪の毛に触れた。

先ほどはできなかったことを、そっとしてやる。

社会的に見れば、結婚して子供もいて、持ち家があって収入もいいし、京野は恩田よりもよほど頼りがいがある。でも、それら強力な鎧《よろい》に身を包んでいる京野の中身は、じつはガラス細工のようにもろい気がするのだ。

京野は子供ではないのに。男なのに。

男が男を助けてやりたいなんて、おかしい。

でも、なんだか手を差し伸べてやりたい衝動に駆られてしまうのだ。

しかし支えたいなどと言ったら、京野は不快に思うかもしれないから、この気持ちは胸の奥にしまっておこう。


大人の男性と子供の声がして、恩田は目が覚めた。

ローテーブルの上の時計は、午前六時前だ。

「おとうさん、おんだせんせいのおうちにとまっちゃったね」

「ああ。……お父さんもいつ寝てしまったのかわからないんだ」

「びっくりしてる？」

「うん、びっくりしてる」

眠っている恩田を起こさないように、という気づかいから、京野と賢はひそひそ話をしている。

京野と賢と、二人とも右耳の上の同じ場所の髪の毛が跳ねていておかしかった。

ぷっと噴《ふ》き出した恩田に気づいた京野は、申し訳なさそうな顔で「すみません」と言った。

身の置き場がなさそうな態度を見るに、おそらく京野は恩田に愚痴ったことも覚えているのだろう。

全身に生えていた棘《とげ》が抜け落ちてぴりぴりとした空気が消えている。寝起きのせいではなく、恩田には隠すことがなくなったからだと思いたい。気を許しているのだ、と。

「本当に、ご迷惑をおかけして申し訳ありませんでした。帰りますね」

「え、まだ六時ですよ？　朝食ご一緒にどうですか？」

「いえ、これ以上ご迷惑はかけられないので」

京野は布団を畳んだり、そそくさと身支度を整えたりする。

時間が許すなら今日一日一緒にいたい。

胸の奥深くから湧き起こるこの強い感情は、一体なんなのだろう。

「それでは失礼します」

「え…？　あ、あぁ」

恩田は自分の気持ちの処理が追いつかず、引き留めるタイミングを逃してしまう。

「じゃあ、賢くん、また来てね。バイバイ」

「ばいばい」

「賢、さよう――」

京野は開きかけた口を閉じた。しかしはっとして、上目づかいで恩田の顔をちらりと見やる。

大人への言葉づかいを徹底させていた京野が、途中で言葉をのみ込んだのだ。

敬語を覚えさせるのはいいことだが、今はうまくできなくても長い目で見てほしい。そんな恩田の思いが京野の心に響いたのだろうか。

アパートを出て道路を歩いているとき、やはり京野と賢の間には距離があった。しかしいつもの光景が、今は違った。

京野が足を止めて賢に声をかけ、左手をすっと差し出したのだ。

賢は一瞬、何事かという顔をして京野を見上げた。

「手をつなごうか」

アパートのドアの前で見送っている恩田にまでは声は届かなかったが、おそらく京野はそのようなことを言ったに違いない。

賢はおずおずと手を差し出した。大きな手と小さな手がひとつにつながって、二人はまた、ゆっくりと歩き始める。

京野を見上げる賢は、今までに見せたことがないほどうれしそうな顔をしていた。

かみ合っていなかった親子の歯車が、カチッとはまった音が聞こえてくるようだった。

こういう場面に遭遇したとき、恩田は保育士という仕事をしていてよかったと思うのだ。


週が明けて月曜日、恩田は遅番だ。

午後六時頃になると多くの子供たちは帰宅するため、各クラスのお迎えが遅めの子たちは門に一番近い部屋に移動する。今日はたまたま全体的に保護者が来るのが早くて、職員一人に対して子供の人数が少ないので目が行き届く。

職員がまだ何人かいたので、子供たちの世話を頼み、恩田は散らかっているおもちゃを片づける。

「やだ恩田先生ったら、ご機嫌ね」

帰宅間際のベテラン先生がにやにやしながら恩田を見ている。

「え？　ふ、普通ですけど」

「そう？　楽しそうに鼻歌なんか歌っちゃって、なんかいいことでもあったんじゃないの？」

「鼻歌ぐらい普段だって歌いますって」

「彼女できたんじゃないの？」

「ち、違いますよ。できてないですよっ！」

浮かれているつもりはないのだが心当たりはあるので、見透かされているみたいで嫌だ。

「せんせい、かのじょできたの？」

「違うってばっ」

園児の一人が興味津々な顔で恩田たちの間に入ってくる。

「もう、噂《うわさ》になったらどうするんですか」

「あらあらごめんなさいね。はいじゃあみんな、あっちで遊ぼうか」

先生は悪びれた様子もない顔で謝り、園児たちの気を逸らせて連れていく。

周りから見てわかりやすい態度だったのだろうか。どんな顔をして鼻歌なんか歌っていたのだろう。わざわざ突っ込んできたぐらいだから、かなり舞い上がっていたに違いない。無防備な姿を見られるのは、パンツ一枚で歩いているぐらい恥ずかしい。

恩田は気を引き締め、引き続き片づけをする。そうしているうちに、一人、また一人とお迎えがきて、子供たちが少なくなってくる。

延長保育の時間帯に入ると人数はさらに減り、午後七時を過ぎると賢は最後の一人になる。

賢が持ってきた本を読んでいると、遊園地のシーンが出てきた。賢は週末の出来事を思い出し、観覧車に乗れてうれしかったことや、甥とまた遊びたいなど、話し始めた。

「お父さんとお出かけできてよかったね」

「うん。いっぱいおはなししたんだよ。きのうはおうちのことはおやすみしたの」

「そっか。じゃあお父さんは賢くんとゆっくりお話したり遊んだりできたんだね」

「きのうはやさしかったんだよ」

「いつもは？」

「いつもは、いっしょうけんめいおうちのおしごとしてる」

恩田の言葉がきっかけになったのだろうか。

ある程度の手抜きを覚えて、その分を賢との時間に当てられたら、賢だってかまってもらえてうれしいだろう。楽しそうに話をする賢を見ていると恩田も同じ気持ちになる。

「お父さん、そろそろかな？　毎日遅くまでお仕事がんばってるね」

「おしごとがいそがしいんだって。おとうさんがおしごとおやすみのひは、おかあさんはいつもおとうさんとけんかしてたの」

京野から家庭内不和の話を聞いていたので、耐性はあったはずなのに、子供目線で語られると胸に詰まってくるものがある。

「おかあさんはおとうさんのこと、きらいなんだって」

「お母さんがそう言ってたの？」

「うん。きらいだから、おかあさんがいなくなっちゃったんだよ」

賢の口から聞かされると、恩田はどう声をかけていいのかわからず困ってしまう。言葉を返せずに見下ろしていると、賢が続けて言った。

「ぼくをつれていってくれなかったのは、ぼくがわるいこだからかな。おかあさんはぼくがきらいなのかなっておもったの」

「そんなことないよ」

京野側の話しか聞いていないし、それだけで判断するなら、再婚相手との生活を選んだ母親に賢は置いていかれたと言って間違いない。しかし母親側にもやむにやまれぬ事情があるのかもしれないし、泣く泣く賢を京野に託した可能性もある。夫婦で決めたことを第三者がどうこう言う権利はないし、推測で物を言ってはいけないが、賢が自分のせいだと思っているなら不安を取り除いてやりたい。

「おとうさんも、ちがうっていってた」

「よかった。先生びっくりしちゃったよ」

「じじょうがあって、とおくにいっちゃったんだって」

事情、というものがなんなのか、賢は当然知らない。京野も小さな子に本当の話をするとも思えない。仕方がないのだ、と言い聞かせるしかなかったのだろう。

お父さんが嫌いなのだ、と言われた息子がどう感じるのか。賢の母親はそこまで頭が回らなかったのかもしれないし、意図的に話したのかもしれない。どちらにしても、父親の悪口など聞かされたら、賢は傷ついてしまう。

母親がいなくなったのは自分のせいだと思っていたのは、この件が多少なりとも影響しているに違いない。しかし決してプラスの感情は持っていないだろう京野が、賢の母親である彼女の悪口を賢に吹き込まなかったことは、賢にとってはよかったといえよう。

生真面目で、公平さを持ち合わせている。少し不器用だけれど、そういう部分が愛しく思えるのだ。

「きのうはね、いっしょにおふとんかばーたたんだの」

「大きいから大変だったでしょ」

「ううん、おとうさんのおてつだいしたんだよ。ほいくえんのおきがえは、じぶんでばっぐにいれたの」

賢は保育園に馴染んで口数が増えてきた。クラスの友達とも遊ぶようになって、部屋の隅でぽつんとしていることもなくなった。

「お父さんのお手伝いをしてあげるなんて、賢くんはえらいなぁ」

「おとうさんがおしごといそがしいから、ぼくがたすけてあげるんだよ」

誇らしげに胸を張る賢に愛しさを感じた。よかったね、と心から思った。ぎくしゃくしているように見える二人だが、少しずつ距離は縮まっている。賢の思いがきちんと京野に届くように、恩田はこの話を伝えるつもりだ。

ほぼ定刻どおりにインターフォンが鳴ると、賢は立ち上がり、バッグを取りにいった。恩田は相手を確認してからロックを解除する。

「こんばんは」

「おとうさん、おかえりなさいっ」

京野に駆け寄る賢は、いつもよりはしゃいでいるような気がした。今まではならバッグを持って出入り口のほうに向かうだけだった賢が、京野のひざに飛びついたのだ。

「恩田先生、ありがとうございます。賢、先生の言うことをちゃんと聞いたか？」

「うん」

うなずく賢からバッグを受け取り、京野はあらためて恩田を見た。いつもは感情を読み取らせないクールな顔をしているのに、今日の京野はばつが悪そうだ。

「京野さん、お疲れ様です」

「あ、ああ。どうも」

目が合ったのは一瞬で、すっと逸らされてしまう。週末の出来事を思い出して気まずくなってしまった、といった雰囲気だ。

京野は大勢いる保護者の中の一人だし、みなで子供を育てるという園の方針があるにせよ、踏み込み過ぎてはいけないことぐらい、恩田だってわかっている。しかし急に態度がよそよそしくなれば、気になってしまう。

「お時間ありますか？　賢くんの日中の様子とか、お伝えしたいこともあって」

「え……っと、でも、時間が……」

もうじき午後七時半になる。遅くまで子供を預けている家庭では、平日の一分一秒が惜しいだろう。

「じゃあ夕食ご一緒にどうですか？」

京野が帰宅して食事を作る前提で手間を省けると思ったから提案したので、もしも冷蔵庫に作り置きがあるなら意味がない。それに京野は子連れの外食があまり好きではないと言っていたので、断られたら恩田は引くつもりだ。

「外食はちょっと……」

やはりだめか。

恩田はがっくりと肩を落とす。

京野のことをもっと知りたい。

保護者だから、という域を越えている自覚は充分にあるけれど、この感情を押しとどめることができないのだ。

あからさまな顔をするわけにもいかないので、笑顔で二人を見送ろうとしたとき。

「うちでどうかな」

恩田は幻聴がしたのかと思った。


商店街の途中にあるスーパーで買い物を終えて店を出た恩田たちは、店舗の裏にある駐輪場まで歩く。商店街の裏はすぐに住宅街になっており、細道を京野と賢が並んで歩き、その後ろを恩田がついていく。

京野は通勤鞄《かばん》と買い物袋を持っているので、両手がふさがっている。

細道とはいえ自転車やバイクの往来があって危ないので、恩田は京野が持っている買い物袋のほうを引き受け、片手を空けてやった。

「賢くん、お父さんと手をつないで」

道を歩くときに園児たち同士でつながせるので、恩田に言われても抵抗感はないはずだ。しかし賢は立ち止まり、背後にいる恩田のほうを振り返ると、なぜか手を後ろに隠してしまう。

「あれ？　賢くんどうしちゃったのかな？」

「いいの」

うつむき加減でもじもじしている姿を見て、恩田はぴんとくる。今まであまりそうしたことがなかったせいなのか、きっと恥ずかしいのだ。

「ホラ、賢。大人の言うことは聞きなさいって言っているだろう」

京野がいつもの口調で言い、賢に手を差し出す。

父親に言われれば、おそらく賢は従うだろう。でもどうせなら、賢自らそうしたいと思えるよう促したい。

「賢くん、お父さんと手をつながないの？」

「うん。いいの」

京野に注意されて少々しょんぼり気味の賢は、自分の足元を見ながらうなずく。

「そっか、つながないのかぁ。せっかくお父さんの手が空いてるのに。じゃあ、先生がお父さんとおててつないじゃおうっと。お父さんのおててはは先生のもの！」

「え？　恩田先生？」

急に手をつなぐと宣言をされた京野は、ぎょっとした顔で恩田を見た。しかし恩田はかまわず京野の手を取った。

「ちょ、ちょっと……」

京野は困惑して手を引こうとするが、恩田はぎゅっと握りしめてそれを阻む。手袋をしておらず、ひんやりとしていた。

「やっ、だめなのっ」

すると賢が、慌てた顔をして京野に飛びついた。一生懸命に恩田と京野の手を引き離そうとする。

――子供って単純だな。そういうところがかわいいんだけど。

恩田がすんなり外してやると、賢は宝物を奪取したみたいに京野の手を小さな胸に抱え込んだ。

賢はなにかに興味や関心を持ったり、執着といった強い感情を見せたりしたことがない。「どうぞ」ができる子だから、友達同士でおもちゃの取り合いになったら譲ってしまうのでトラブルになったこともない。そんな賢がお父さんを取られまいとして示した反応は恩田が想像していたよりも強くて、うれしい誤算だ。

驚いたのは京野も同じらしく、呆気《あっけ》に取られた顔で賢を見下ろしている。しかし顔がほころぶまでに時間はかからなかった。賢を見つめる瞳にも、以前よりも余裕が生まれたように見える。

「いいなぁ。先生もおててつなぎたいなぁ」

「おとうさんはかばんをもってできないから、ぼくがつないであげる」

「賢くんとつないでいいの？　どうしよう、先生うれしいな」

差し出された小さな手を、恩田はそっと握りしめる。安心しきっている表情だ。この屈託《くったく》ない賢の笑顔をいつまでも守ってやりたい。

駐輪場までの短い距離だが、賢を挟んで恩田と京野と、三人で並んで歩く。時々、賢はぴょんぴょん飛び跳ねる。環境が変わって戸惑っていただろう賢の、本来の子供らしさが戻ってきた。

マンションに到着し、賢を先頭に、京野、恩田と玄関に入った。

「おとうさん、ゆうはんはなあに？」

賢は靴を脱ぎながら、京野にメニューを尋ねる。

「スパゲティにしようかと思っていたんだけど。賢はミートソースが好きだろ？」

「すき！　やった！」

はしゃぐ賢に、京野は目尻を下げ、「大きな声が出る子だったんだな」とぽつりと漏らした。

「お父さんの手作りだからうれしいんですよ。僕だって人に作ってもらえたらうれしいし」

「手作りっていったって、ゆでるだけだしな。招待しておいてなんだけど、インスタントでいいか？」

京野は遠慮がちに言った。

家に誘われて浮き足立っていたが、料理ができない人の家に押しかけるのだから、負担をかけてしまうのだ。そこまで頭が回っていなかったので、気をつかわせてしまって申し訳ない。

京野の家は、保育園の最寄り駅のひとつ隣の駅の近くにあるファミリー用のマンションだ。玄関の左右に一部屋ずつ、廊下の奥にリビングと和室がある。

京野の年齢になったときに、恩田はこのレベルのマンションを買えるのだろうか。

恋人などいたことがないし、これからもできるとは思えないし、考えても無駄だと思いつつ、格差を感じてしまう。

もっとがんばろうっと……。

職種が違うので張り合っても仕方のないことなのだが、将来的には京野のように、バリバリ仕事をこなせるような男になりたい。

珍しいお客さんの訪問に気分が高揚しているのか、賢は靴を脱ぐとそのままリビングに行こうとした。すかさず京野が賢をたしなめる。

「賢、靴をそろえなさい。昨日も注意されたばかりだろう」

「……はい」

失敗した、という顔で賢が戻ってくる。

気まずい顔をしているということは、一応、靴をそろえなくてはいけないと刷り込まれているはずだ。ならばアプローチの仕方を変えてみるのはどうだろう。

「賢くん、そろえてちょうだい、ってお靴が泣いてるよ。えーんえーん。賢くんそろえてくださーい」

恩田は靴を賢の目の高さに合わせ、高めの声を出し、靴の気持ちで訴えかける。

「ごめんね、くつさん」

すると賢ははっとしたようにスニーカーを並べ直した。

「賢くんありがとう。また今度お靴を脱ぐときも、ちゃんとそろえてくれる？」

「そろえる！」

「ありがとう！　お約束だよ」

「うん！」

一仕事終えた賢は、満足げな顔をしてリビングに行く。

京野が玄関に上がった。続いて靴を脱ぐ恩田に、ばつが悪そうな表情を見せていた。

「ああやって諭《さと》せばいいんだ。すごいな、恩田先生は。僕よりもずっといい父親になるんだろうな。僕は怒ってばっかりで、賢は僕の顔色をうかがうし……」

「僕はテキストで学んでいるから知識があるだけですよ。それに現場で五年もやっているんですから、むしろ子供をうまく誘導できないと困りますしね」

「そうか」

「そうですよ。第一子なんてきっと、みんなわからないことだらけですよ。だから育児書がたくさんあるんだし、でもそれが必ずしも正解ではないし。まずは、賢くんという子がどういう子かを知ることからだと思います」

「僕は父親に厳しく育てられたし、言われればできる子だった。自分がされた育て方しか知らない。僕は父から言われれば理解して行動できたのに、賢は何度言っても同じことを繰り返すから、いらいらしてしまうんだ」

「京野家の子育てが全部の家で通用するかっていうと、そうじゃないんですよね。ほかの家庭の育児が正解でもないし。聞き分けのいい子もいれば、気難しい子もいて、みんな同じではありませんから」

「そうだ……。そうなんだよな。賢と僕は別の人間なんだ」

京野は頭から冷たい水をかけられたみたいに、目を大きく見開いて、リビングに消えていく賢の小さな背中を見つめる。

賢とは別の人間なのだ、という大切なことに、京野は気づいた。

京野は一人でできると意地を張るのではなく、恩田の話を聞いてくれる。改善しようという気持ちも感じられるし、だから恩田は一層、京野を応援したくなるのだ。

京野は明日も仕事だ。帰ってきてすぐに回した洗濯物を干したり、賢を寝かしつけたりしなければならない。

せめて自分が使った食器ぐらいは、と恩田がキッチンに立つと、その間に京野が賢を風呂に入れた。賢はくまのパジャマを着て脱衣所から出てくる。

「もう賢くんは寝て大丈夫ですか？」

「ええ。でも僕がやるから」

「たまにはゆっくり風呂につかってくださいよ。ていっても京野さん結構ビール飲んでるから、長湯しないほうがいいのかもしれませんけど。賢くん。先生と寝ようか」

「うん！」

他人の寝室に勝手に入ってしまって図々しいな、と恩田は思った。しかし賢がその気になってしまい、早く早くと急《せ》かすため、浴室のガラス戸の向こう側にいる京野も、うんと言わざるを得ない状況になってしまった。

「恩田先生、すみません」

「大丈夫ですよ。じゃあ、賢くんの部屋に入らせていただきますね」

「せんせい、いこっ」

賢は嬉々《きき》として恩田の手を引っ張っていく。

案内されたのは、玄関脇の子供部屋だ。ベッドを使っているイメージを持っていたのだが、置いていなかった。

「ここからおふとんだすの」

クローゼットを指す賢に従い、恩田は二組の布団を敷いた。

京野たちがアパートに来たときはたまたま布団を片づけていたのだが、恥ずかしながら恩田は敷きっぱなしにしていることが多い。それに引き替え京野は、仕事に賢の世話にと慌ただしいだろうに、やはり、こういう点でもきっちりしている。昨日は家の仕事を休んだ、と賢が言っていたにもかかわらず、リビングも寝室も廊下もきれいに片づいていた。

なんでも完璧にやろうとするから気持ちに余裕がなくなるのだろう。しかしそういう性分だから手抜きができず、悪循環だ。

しかし二人の生活が慣れてくれば変わるだろう。焦らずゆっくり見守っていこう。

恩田は子供用の、クリーム色の布団に賢を寝かせた。その隣、京野の布団とは反対側のフローリングに横になり、賢と顔の位置を同じにする。

「賢くんのお父さん、がんばってるんだね。ごはんもおいしかったよ」

「ぼくも、おてつだいしてるよ。おとうさんがありがとうっていってくれるの」

「ありがとうって言われるとうれしいよね」

「うん。おとうさんはね、おんだせんせいにも、ありがとうっておもってるよ」

「え？」

賢のなにげない一言に、恩田はむせ返った。

「賢くん、それ、どういうこと？」

「ももぐみさんにはいってよかったね、おんだせんせいがせんせいでよかったね、っていつもいってるよ」

「うれしいなぁ。お父さん、先生のことほめてくれてるんだ」

悪いことだとすぐ聞こえてくるのだが、いいことはなかなか届かない。

恩田はどうにかしたいと思って積極的に交流を深めようとしているのだが、京野の気持ちがわからないから、迷惑がられているかもしれない不安があった。しかし賢との話を聞く限りでは、少なくとももひどく嫌われているわけではなさそうだ。京野にとって恩田が支えになっているのであれば、こんなにうれしいことはない。

布団に入っておしゃべりをしていると、賢は間もなく眠りに落ちた。外に出ていた手を上掛けの中に入れてやってからリビングに戻ると、風呂上がりでパジャマを着た京野が、リビングと対面になっているキッチンの中にいた。残っていたビールをちびちび飲んでいたようだ。

「風呂上がりのビールってうまいですよね」

「賢と二人だと、飲んでる暇がないしな。恩田先生、賢を寝かせてくれてありがとう」

「いえ、賢くんは寝つきがいい子だから。……えっと、僕、そろそろ帰りますね」

壁の時計に目をやると、午後九時の少し前だ。京野は明日も仕事だし、朝が早い家庭だから、長居をしたら迷惑だ。

「お茶でもどうかと思ったんだが」

京野はすでに湯呑みや急須を用意しており、お湯が沸騰している音も聞こえてくる。

「えっと、じゃあ、お言葉に甘えます」

帰らなくては、という思いがあるのだが、京野に誘われてつい甘えてしまう。

恩田がリビングのソファに座ると、京野がほっとしたような顔を見せた。

ずいぶんと気を許してくれているように感じるのだが、気のせいではないはずだ。もしも頼られているのだとしたら、恩田はもっとがんばろうという気持ちにさせられる。

スーツを脱いだ京野は幼く見える。何度か見せてくれたその笑みに心が奪われた。一緒にいられてうれしいのに、恥ずかしくて恩田は髪の毛をくしゃりとかき回した。

「ここ数日の話だけど、最近、賢との生活がスムーズになってきた気がするんだ。恩田先生のアドバイスのおかげだと思う。ありがとう」

お茶を持ってきた京野が、恩田の隣に腰を下ろした。革のシートがきゅっと鳴って、京野のほうにわずかに傾く。

ここにしかシートがないのだから、京野が座ったことに深い意味などない。

わかっていても恩田は意識してしまう。

「そんな……。賢くんが保育園での生活のサイクルに馴染んできたんだと思いますよ。それと一緒で、京野さんも慣れてきたんじゃないですか」

「そうかもしれないけど、恩田先生が親身になってくれたからだ。保育園っていうのはここまでやってくれるのかって驚いているんだ」

「それは……」

園長のお墨付きをもらっているとはいえ、必要以上に京野家に入り込んでいる自覚があるので、恩田は口ごもる。騙《だま》しているわけではないし、禁止されているわけでもないけれど、しかしよその保護者に京野家と同等のことをしているかといえばそうではない。京野にたびたび言われた影響もあり、恩田は多少の後ろめたさは感じてしまうようになった。

京野のほうに顔を向けると、襟元から素肌が見えた。真っ平らな胸に小さな突起がのぞく。濡れた髪や風呂上がりの上気した肌は色っぽくて、恩田は顔が熱くなってくる。

真面目な話をしているのだ。雑念や煩悩は振り切れ。

恩田は気を取り直し、京野の胸から視線を引きはがす。

「保育園に通わせている家庭って、仕事している場合だけではなくて、じつはいろいろ事情があったりもするんですよ。京野さんのお父さんはもしかしたら苦労したのかもしれないけど、今は父子家庭だからって非難されることは少ないと思うんですよね」

京野の完璧主義は、父親の影響を強く受けている気がする。しかし当時とは時代が違う。

「外からどう思われるかよりも、まずは賢くんが京野さんに向けてくる目を受け止めてあげるといいかなって思います。肩の力を抜いて、リラックスしましょう」

「力を抜いていいんだろうか」

京野は手のひらで湯呑みを回して落ち着きがない。

ちらりと目配せされて、その意味ありげな瞳に、恩田の胸がぎゅっと締めつけられたみたいに苦しくなる。

「もちろんですよ」

「……恩田先生といると、意識しなくても力が抜ける気がするんだ」

恩田の肩に、わずかな重みがかかる。

「ああああああの、京野さん」

以前、恩田の家でつぶれてしまったときもそうだが、京野は酒が弱い。今も酔いが回っているのだろう。しかし、じんわりと伝わってくる京野の熱が恩田に伝わり微熱を帯びてくる。

「僕はもっと京野さんの力になりたいです」

「もう充分なぐらい、世話になってるよ」

「いいえ、もっと……、なんていうか、京野さんのことを知りたいっていうか」

胸の中にあった思いが、口から漏れ出してしまう。恩田の悪い癖がまたこんなところで出てくる。

「どういうことだ?」

京野は眉根を寄せ、怪訝《けげん》な顔を向けてくる。

「どう……、って。その、京野さんのことが気になるっていうか。つまり、好きなんです、京野さんのことが」

目をまっすぐに見て思いを告げると、京野の顔が見る間に強ばる。

言葉で聞かなくても、脈がないのはすぐにわかった。

「あ……、すみません、急にこんなこと言われても迷惑ですよね。忘れてください」

あえて京野の口からダメ押しされたくないので、恩田はすぐに話を終わらせた。

「いや……」

京野はなにか言おうとしている。しかしだめ押しされたらショックは何倍にもなってしまうから、恩田は京野の言葉を遮った。

「帰ります。ホント、すみません」

「えっと……、また明日」

京野もこの場をどう収めたらいいのかわからないといったふうだ。恩田を引きとめることなく見送った。

妙な空気のまま別れてしまったので、明日顔を合わせるのが怖い。

長々と引きずるよりも、明日の朝のうちに会って何事もなかったかのように接したほうが、気持ちは楽になる。しかし恩田は朝も帰りも京野とは会わない中番の当番が続く。

「間が悪いなぁ……」

頭を冷やすために、恩田は寒空の下、歩いて自宅まで帰ることにした。

「バカだな、俺。なんでいつも口から先に出ちゃうんだろう」

ぽつりと漏らしたつぶやきは、白い吐息とともに空気に溶けていった。


京野と顔を合わせない間は、賢に様子を聞いてみたこともあった。

——お父さん、先生のことなにか言ってた？

喉まで出かかった言葉を、恩田は何度飲み込んだことか。

仮に家で京野が恩田について語っていたとしても、もともとおしゃべりな子ではない賢は、こちらが言葉を引き出そうとしない限りなにも言わないだろう。

そもそも京野が恩田の話を賢にするとは思えない。

京野にとって恩田は、賢の担任でしかなかったのだ。

青春時代に女の子を好きになった記憶がない。かわいいな、と思うことはあっても付き合いたいという欲求が湧かなかったのは四人の姉たちの影響だと今は思っている。女の生態を間近で見て育ったため、現実を知りすぎてしまったのかもしれない。同級生や後輩、バイト先の子だったり、これまでに何度もアプローチされたことはあったものの、彼女たちとどうにかなりたいとは思えず逃げ腰になってしまっていた。

——京野への思いは、もしかしたら勘違いなのかもしれない。

恩田は何度も自分にそう言い聞かせた。実際に、思い違いだったらどれほど気持ちは楽になっただろう。しかし、拒絶されてもなお諦められないのだ。決して男が好きだというわけではない。けれど、京野が好きだ。初めてそう思えた人だったのに。

「けんくん、いっしょにあそぼ」

保護者が出入りするドアの前に座って動かない賢に花瑠《はる》という女の子が声をかけてきた。花瑠はクラスで一番月齢《げつれい》が早く、精神面が発達している。賢が入ってきたばかりの頃から気にかけ、一緒に遊んでいた子だ。

しかし仲のいい花瑠に誘われても、賢は微動《びどう》だにしない。

「けんくん、どうしたの？」

「なんでもない」

「おむかえはやくきてほしいの？」

「うん」

「はるちゃんもね、はやくおうちにかえりたいな」

「ぼくも」

花瑠は賢の隣に腰を下ろし、同じ体勢になる。幼い子たちがちょこんと座ってするやり取りはとても愛らしい、と思える瞬間だ。

「さっきぶたれたでしょ。いたい？」

「だいじょうぶ」

花瑠は賢の頬にそっと触れた。とくに腫《は》れたり傷ができたりということはないのだが、賢が相手の子を怪我させてしまったため、それぞれの保護者には連絡済みだ。

「けんくんはわるくないよ。わたしみてたもん。つみきかくしたのはゆうくんだもん。パパにおこられたら、わたしがパパにおはなししてあげるね」

「うん」

子供には子供の世界があって、花瑠がなぐさめてあげているようだから、恩田はそっとしておくことにした。

時計を見ると、午後六時になろうとしている。中番の恩田はそろそろ上がる時間だが、トラブルが起きてしまったため、賢と、賢とケンカをしてしまった勇太《ゆうた》の保護者と会って説明しなければならない。

事件は、別の保護者が迎えにきて恩田が一日の様子を伝えているときに起きた。もう一人の職員がとっさに止めに入ったのだが、間に合わなかった。

勇太は体が大きく、元気いっぱいだ。力が強く以前からほかの子を怪我させてしまうことがたびたびあったので、つい先ほど迎えにきた勇太の保護者は「またか」という雰囲気で恐縮していた。

しかしいつもと違うのは、勇太にやられっぱなしだったのではなく、賢が反撃したことだ。勇太を積み木で叩き、額が少し赤くなってしまったのだ。

もう一人の職員や周りの子たちの話を総合すると、ケンカの原因を作ったのは勇太だ。だからといって叩いてはいけない。

目が届かなかったことを平謝りする恩田を、勇太の保護者は責めなかった。彼女は普段から暴れん坊の勇太には手を焼いており、今回のこともきっかけが自分の子供だったこともあって、京野にも「むしろこっちがごめんなさい」と言っていたぐらいだ。少々赤くなった程度で、怪我自体とても軽かったことも幸いしている。

軽傷だったのはあくまでも結果だ。目に当たったり頭を打ったりしていたら大事になっていた。気を抜いたつもりはないのだが、常に子供たちに目を配らなければならない、と職員たち全員であらためて確認した。

仕事中の京野には、携帯電話の留守電に入れておいた。職員がいたにもかかわらず怪我をさせてしまったため、本当に申し訳なく思う。どうして起きたのか、という説明をしっかりしなければならない。

約一ヶ月、賢の様子を見てきたが、手が出るタイプの子ではなかったので、正直なところ恩田は非常に驚いている。賢に対する認識は、ほかの職員も同様だ。

積み木を隠されたことがそんなに悔しかったのか。

話を聞こうにも、賢はだんまりだ。現場にいた職員と目撃者である花瑠、勇太本人との話とで矛盾がなかったため、恩田は保護者に状況説明をしたのだが、じつのところ、今ひとつぴんとこないのだ。

あれから少し時間が経っているので、賢も気持ちが落ち着いただろうか。

話を聞ければと思い、恩田が賢と花瑠の輪に入ろうとしたとき、窓の向こうに人影が見えた。

外はもうすっかり暗くなってしまっているので、遠いと判別ができない。自分のお迎えかもしれない、と園児たちが一斉に窓に向かって走り出すのはいつもの光景だ。

恩田もテラスに向かう。するとやってきたのは、六時に迎えにくるはずのない人だった。

「京野さん？　お疲れ様です。いつもより早いですね」

「こんばんは。留守電を聞いて、すぐに帰らせてもらったんです」

事前に書いてもらった書類によると、駅のすぐそばにあるこの保育園から京野の職場まで、電車で約三十分だ。なるほど、時間はぴったり合う。

「おとうさん、おかえりなさいっ」

うれしそうに駆け寄ってきた賢に、京野は厳しい眼差しを向ける。

京野の表情を読み取った賢は笑みを引っ込め、足を止めた。

「話は恩田先生から聞いた。賢、説明しなさい。どうしてお友達を積み木で叩いたんだ？」

恩田の周りにはわらわらと子供たちが集まってきてしまう。小さな目がたくさんある中でこのような話はしたくないので、中にいたもう一人の職員に声をかけ、恩田と賢はテラスに出た。

「賢くん、寒いから上着着ちゃおうか」

恩田は外にかけてあった小さなダウンを賢に着せてやる。

「賢、なぜ積み木で殴った？」

「……」

しかし賢はうつむいたまま、口を開こうとはしない。

「留守電でお伝えしましたけど、積み木を崩されて、いくつか取り上げられてしまったみたいなんです。それで賢くんは嫌な思いをしてしまって」

「賢、本当なのか？　理由があったとしても、叩いてはいけない。勇太くんにきちんと謝ったんだろうな」

問い詰められて完全に固まってしまった賢は、恩田の足にしがみついて京野の顔をじっと見つめている。話したくないのかもしれないし、京野の剣幕のせいで話せないのかもしれないとも思うので、恩田が間に入ってやる。

「もちろん、お互いにちゃんと謝りましたよ」

「賢、なにからなにまで恩田先生に言わせるんじゃなくて、自分で話しなさい。なんのために口があるんだ」

しかし恩田のフォローは空振りに終わってしまう。それどころか余計に京野をいら立たせてしまったようだ。

「恩田先生、ご迷惑をおかけして申し訳ありません。勇太くんの保護者の電話番号などは教えていただけないですか？」

「個人の情報ですので、園がお伝えすることはできないんです。京野さんのほうから依頼された形として、京野さんの番号をあちらにお渡しすることは可能ですけど、いじわるを仕掛けたのは自分の子供のほうだっていう思いもあるようですし、勇太くんのお母さんは気にされていませんでしたよ。むしろ賢くんに嫌な思いをさせてしまってごめんなさい、と京野さんへの伝言を受け取っています」

勇太の保護者は、幼い子供同士のケンカ程度でいちいち連絡などしてきてほしくない。お互い様だ、と思っているのだ。それがいいか悪いかは別として、今回に関しては、言葉どおり受け取ってもらってなんの問題もない。しかし京野の生真面目な性格がそれを許さないようだ。

「……わかりました。では名刺を渡しておいていただけますか？　携帯電話の番号を裏に書いておきますので。それと、お電話をいただくのは申し訳ないので、これを渡すときに番号を教えてもらえないか聞いてください。こちらからかけますので」

京野は名刺入れから名刺を取り出し、裏にさらさらと走り書きしたものを恩田に差し出した。

「賢、家に帰ったらきちんと経緯を説明しなさい。そうでないと勇太くんに謝罪もできないだろう」

「積み木を取られて悲しかったんだと思いますよ。頭ごなしに言われたら賢くんもなかなか気持ちを伝えづらいだろうし、難しい言葉だと、賢くんもわかりにくいと思うんですよ」

声が刺々《とげとげ》しくなってきたため、恩田はたまりかねて間に入った。

京野の言葉は間違っていないのだが、小さい子に言って理解できる内容ではない。

「きちんとしつけし直さなくては……」

しかし恩田のフォローは火に油を注いだだけだった。

「え……、賢くんは充分しっかりしていますよ。むしろいい子過ぎるぐらいで」

「恩田先生や保育園には非常に助けられていますし、感謝もしています。ですが幼い頃から自制心を養わないと、将来ロクでもない大人になってしまう。そうならないよう努めるのが親の役目なんじゃないですか」

京野は目をつり上げ、珍しく感情を表に出してきた。スイッチがどこで入ったのかわからなくて、恩田はうろたえる。叩いてしまったことは軽く考えてはいけないが、集団生活をしている以上、子供同士の衝突など日常茶飯事だ。心配してしまう親心は充分に理解できるのだが、京野は極端だ。

「将来ロクでもない大人になる、っていうのは京野さんもかつてお父さんに言われた言葉ですか？」

「――っ」

恩田の言葉は、京野の心の一番痛い部分を的確に貫いてしまったらしい。

京野の顔つきが見る間に強張《こわば》っていく。

――ああ、まただ。また言ってしまった。

恩田は頭で考えるよりも先に言葉が出てきてしまう。あとひと呼吸待てる余裕があればいいのに。

「賢、恩田先生にも謝りなさい」

「謝られるようなことはされていませんよ」

「相手の方や僕に連絡する手間、こうして話をする手間、充分に迷惑をかけています」

「だとしても、それも僕の仕事の範囲内のことですから」

「……ごめんなさい」

大人二人が言い争う姿を見かねた、とは思わないが、賢が蚊《か》の鳴くような声でぼそりと言った。

「賢、聞こえないだろう」

「先生はちゃんと聞こえたよ。でもね、迷惑とは思ってないからね。ゆうくんにもちゃんとごめんなさいしたし、ゆうくんも謝って、仲直りしたもんね。大丈夫だよ。また明日ね」

「うん」

声を荒げているわけではないし、言い争いというレベルのものでもない。しかし自分のことで恩田と京野がやり合っている姿を見るのは賢もつらいだろうから、恩田は話を切り上げて二人を送り出した。

一応、二人は手をつないで歩いている。しかし会話はなく、とぼとぼと歩く賢の小さな背中がさらに小さく見えた。

おかえりなさい、と言って京野に駆け寄っていったときの賢の表情にはよろこびがあった。しかし恩田の目には気が緩んで今にも泣き出しそうな、ほっとした顔にも見えたのだ。また、普段はなにか尋ねれば答えを返してくる賢が、今回に限って理由を言わないことも気がかりだ。

恩田の考えが間違っていなければ、賢は京野にすがりたかったのかもしれない。しかし目の前でシャッターを降ろされてしまった。甘えたいのに甘えられない。その孤独感をどう処理していくのか、恩田は心配で仕方ない。

恩田は遅番の職員にあいさつをして保育園を出た。

京野はいったいなにに腹を立てていたのだろう。

もちろん賢が積み木で叩いてしまったことが一番の原因だろう。しかしあそこまで怒りを露《あら》わにするほどのことなのだろうか。

今回のことを突き詰めていけば原因は相手にあり、相手の親もそれがわかっているからこそ賢や京野を責めなかったのだ。どっちもどっちで済む話のはずなのに。

それに加えていつもなら恩田の言葉には耳を傾けてくれる京野なのに、今日はなにひとつ届かなかったのも引っかかっている。

先日の告白が原因なのだろうか。話をするのも嫌だと感じるぐらい、迷惑だったとか。

さらに、今回はお節介が過ぎたのかもしれない。子供の育て方にまで口を出すのは、先ほど恩田が京野に言った「仕事の範囲内」を大きく外れている。手探りながらも一生懸命がんばっている京野を否定したように受け取られてしまう可能性もあり、実際に、京野はそう感じたのかもしれない。

さらに父親のようにはなりたくない、と言っていた京野にあえて言ったのは確実に失敗だった。だめだ。思い当たる節があり過ぎる。

それにしたって、ああも頑《かたく》なになるのは京野らしくない。賢を通して続いている付き合いの範疇《はんちゅう》であり、決して深く知っているわけではないけれど、堅物《かたぶつ》とはいえもう少し柔軟性はあったはずだ。知らないことは知らないと言えるし、新しく知ったことは素直に受け入れられる人だった。

もしかしたら、賢や恩田とは別に、なにかあったのかもしれない。

万が一にもその考えが正しかったとしたら、恩田は崖の縁に立っていた京野の背中を強く押したぐらいひどいことをしてしまったのではないだろうか。

「うわぁぁぁ……」

住宅街の小道を歩きながら考えていた恩田は、頭を抱えてしゃがみ込んだ。

「うー、わんっわんっわんっわんっわんっわん」

「うわっ」

一軒家の庭で飼われている大型犬に吠《ほ》えられ慌てて退散する。

まったくなにやってんだか……。

職員は必要以上に保護者と親密になってはいけない。けれど保護者が困っていればできうる限りサポートするし、子供も一緒に育てる気持ちで職務に当たる。

その線引きをどうしろと。公と私の区別をどこですればいいのだろう。恩田は保育士五年目にして初めてわからなくなった。ここまで思い入れてしまった家庭は今までになかったのだ。気がついたら、ボーダーラインを踏み越えてしまっていた。

そりゃあその気もないのに自分を狙《ねら》っている男となんて話したくないだろう。恩田が京野の立場だったら、と考えてみたら、やっぱり困る。

プライベートを区別できずに先走ってしまったのは完全に恩田のミスだが、賢に影響があってはいけない。

この前の話は聞かなかったことにしてください、と言えばいいのだろうか。記憶から削り取ることはできなくても、こちらにこれ以上踏み込む気がないということがわかれば、京野も気が楽になるはずだ。

踏み込む気がないなんて嘘なのだけれど。しかし、京野の強固な態度を見るに、ケリをつけておかなければならないだろう。

京野への思いは大切にしたいが、恩田にとっては仕事も大事だ。最低でもあと数ヶ月、賢を預かる。担任として、働く男として、自分の気持ちを一方的に押しつけてはいけないと頭ではわかっているのだ。

いっそこのまま恩田の気持ちがしぼんでくれればどれだけ楽だったか。

しかし初めて心に生まれたピンク色の感情は、小さくなるどころかより一層大きくなっているから、恩田は手に負えない。


京野から受け取った名刺を相手の保護者に渡そうとしたのだが断られ、あらためて謝罪も不要だと言われた。しかし謝罪など受け付けない、という拒絶ではなく、気にしないでほしい、という意味だ。

賢の送迎の際に顔を合わせたとき、恩田は京野に名刺を返して相手の思いを伝えた。時間が経っていたし、少しは気持ちが落ち着いたのか、京野はすんなりと名刺を受け取ってくれたので、恩田はほっとした。

それから数日。いよいよ冬本番といった季節になってきた。

今日の遅番は恩田だ。延長保育時間に入り、ひとつの部屋に子供たちが集められ、職員二人で対応する。

七時以降は賢だけになるので、クラス担任の恩田が賢の相手をし、もう一人の職員は片づけや戸締まりチェック、事務作業に入る。

「おんだせんせい、おとうさんとけんかしたの？」

「ケンカ？　してないよ。どうしてそう思ったの？」

ケンカなどしていないのだが、二人の間に流れる微妙な空気を、子供なりに感じ取っているのだろう。

「まえはおうちでせんせいのおはなしいっぱいしてたのに、いまはしないの」

「賢くんが保育園に来たばかりの頃は、お父さんもわからないことが多くて、いろいろお話しすることがあったからね。きっと今は賢くんとの生活が楽しいから先生のお話が出てこないんだよ」

「おとうさんは、ぼくといっしょにいてたのしいの？」

「もちろんだよ。賢くんのお父さんは、楽しくないなんて言わないでしょ？」

「うん、いわない。このまえね、つりぼりにいったの。おとうさんがね、こんなおおきなおさかなとってびっくりしたんだよ」

賢は両手を広げて一生懸命説明してくれる。

京野が釣りをするなんて意外だ。もも組の本棚に魚の本があり、釣りの描写もあるので、賢が関心を持ったので連れて行ってやったのかもしれない。

釣りをしているときの興奮が恩田にも伝わってきて、心が温かくなる。

積み木の件を京野が自宅で賢に問いただしたのか、恩田にはわからない。あのあとどうなったのか知りたい気持ちはあったが、少なくとも今の京野と賢は釣りなどをして楽しく過ごしているのだから、もうほじくり返さないほうがいいだろう。

「先生もよく甥っ子たちを近所の川に連れていったな。先生は田舎《いなか》に住んでたから、自然がいっぱいだったんだよ。水がきれいで、お魚もいっぱいいて、手でつかめたりもするんだよ」

「ぼくもいきたい。きれいなかわで、おさかなさわりたい」

「きれいな川、東京《とうきょう》にもあるのかな。あったらすぐ行けるね。川の絵本があるから調べてみようか」

「うんっ」

賢は本棚に本を取りにいく。

うまく気が逸れただろうか。

なにげなく言った言葉に反応されてしまって戸惑ってしまった。

賢を地元の川に連れていってやることぐらいどうということはないけれど、賢と京野は常にワンセットだ。京野ごと招待できるのならいいのだけど、今の状況だとそうもいかないから、それらしい雰囲気をにじませてはいけない。

川の絵本を読んでいるとき、インターフォンが鳴った。京野が賢を迎えにきたので、絵本は途中で終わりだ。

賢が名残惜しそうな顔をしていたのが印象的だ。よほど京野と行った釣り堀が楽しかったのだろう。

「お疲れ様です。お昼寝はしっかりしていました。食欲もあるし、今日はわりと外で走り回っている時間が多かったので、普段より疲れているかもしれません」

「そうですか。ありがとうございます」

京野は素っ気ない。ここ最近ずっとこうだ。

賢が保育園に通うようになってから約二ヶ月。十二月は目の前だ。賢はすっかり溶け込んだし、よほどのことがない限り伝える項目はあまりないといえばないのだが、会話が続かず決まりが悪い。

会話の糸口を探そうとするものの、京野にはその気がないらしい。さっさと恩田から賢の荷物を受け取ると、賢に靴を履くように言った。

賢の靴箱には、靴がきちんとそろえられて入っている。恩田が手を加えたわけではなく、賢がしたことだ。たまにそろっていないこともあるけれど、気づけば賢は自分で直している。だれに言われるでもなく、自分で行動しているのだ。

そうだ。このことを京野に知らせよう。できなかったことができるようになっているのだ、ということを。

恩田が伝えようと思ったとき。隙など与えない、とでも言いたげなタイミングで京野が賢に言った。

「賢、恩田先生にごあいさつしなさい」

「おんだせんせい、さようなら」

「……さようなら」

明日は遅番だし、明後日は休みだ。このまま平行線をたどっていても解決しないだろう。そもそも、恩田は頭で考えるのが苦手なのだ。

「京野さん」

「なんでしょう」

賢が靴を履いているとき、恩田は思い切って京野に声をかけた。しかし返ってきた言葉は、次の言葉を発するのを躊躇するには充分な素っ気なさだ。恩田も恩田で具体的な言葉を用意しておらず勢いで話しかけてしまったので、返事が遅れる。

しかし京野の顔を見て、恩田は異変に気づいた。

「京野さん、瘦せました?」

病的な瘦せ方ではないとはいえ、頰の肉が落ちたのは一目瞭然《いちもくりょうぜん》だ。もともと細身だから、少しの変化が余計に目立つのかもしれない。

「体調が悪いんですか?」

「いえ、ここのところ忙しかっただけです。昼を抜くことが多かったので体重が落ちてしまったんです」

理路整然《りろせいぜん》と説明されてぐうの音も出ず、恩田はすごすごと引き下がる。

しかし恩田はこのときの自分の判断を、あとになって悔やむ羽目《はめ》に陥《おちい》るのだった。

恩田が遅番で出勤してくると、職員は出払っていた。たいてい園長か副園長のどちらかは職員室にいるはずなのに、どちらもいないとなると、職員が欠勤したため補充で入っている可能性が高い。

「おはようございます。今日のお休みは……っと、どのクラスも二、三人ずつ、うわー、職員も二人休んでるのか。『インフルエンザが流行《はや》り始めているようです。うがい手洗いの徹底をしましょう。遅番の先生は園庭へ』……了解」

恩田はボードに書かれている連絡事項を声に出して読み上げながら、エプロンを身に着ける。

天気がよかったので、四歳と五歳児クラスの子たちは近所の公園に遊びに行っている。恩田はひとまず指示どおり、園庭で遊んでいる低年齢の子たちの中に入った。

何人かの子たちと砂場で山を作っているとき、室内の乳児クラスに入っていた園長に呼ばれた。

「おはようございます。なんか今日は大変そうですね」

あいさつしがてら駆け寄ると、園長はなにやら深刻そうな顔をしており、トラブルを察知した恩田は身構える。

「賢くんがまだ来てないのよ。恩田先生に直接連絡が来てる、なんてことはある？」

「いえ、来てませんけど」

「どうしちゃったのかしら。九時半に、自宅と携帯電話に連絡してみたんだけど、出なかったのよね」

恩田が出勤してきてから、約三十分。園長が連絡してから一時間が経過している。

園児たちの全体活動に影響してしまうので、どんなに遅くても九時半までには登園させる決まりだ。病院に寄る、といった特別な事情がある場合は、遅れる旨の連絡を入れてもらう。休みが取れたので子供と遊ぶ、と急に欠席させる場合でも、要連絡は徹底している。

とはいってもこれだけの家庭数があれば中にはルーズな人もいて、保育園に連絡せずに休ませてしまう家庭もある。なんの連絡もないまま何日も欠席が続けば園も動くが、ほとんどが翌日には登園してくるので、確認の電話やメールを入れて様子を見る。

しかし、幼児にすら厳しい姿勢を崩さない京野が、園に連絡をせずに賢を欠席させるだろうか。もちろん京野家に限った話ではなく、普段から送迎の時間や提出物の期限をきっちり守る家庭が連絡なしに休んだら心配だ。園長も同じ気持ちだからこそ、恩田に相談してきたのだ。

園長に許可をもらい職員室で電話してみたが、やはり京野は出ない。

いったいどうしてしまったのだろう。京野は賢と一緒にいるのだろうか。休みが取れたから二人で遊びに出かけた、と明日、賢が笑顔で報告してくれればいいのだけれど。

しかし恩田はそんな明日が想像できない。思い当たる節はないけれど、なにかあったとしか思えないのだ。

昼食後、午後一時頃から昼寝の時間に入る。その間にしなくてはならない雑務をこなしつつもう一度かけてみようと思い、恩田は一度職員室に行かせてもらった。これで出なかったらもうあきらめて、仕事が終わったら京野家を訪ねてみるつもりだ。

職員室の電話が使用中だったので、恩田はテラスに出て、自分の携帯電話から恩田の携帯電話にかけてみる。

繋がることを祈りながらコールを数えていたら、七回鳴ったところで留守電に切り替わってしまう。

――やっぱり出ないか。

恩田は電話を切ろうと思ったが、最後にメッセージを残しておくことにした。

「もも組担任の恩田です。京野さんの携帯電話でしょうか。園長からもすでに伝言が入ってるだろうし、繰り返しになってしまって申し訳ないんですが、賢くんが来ていないので、どうかされたのかと思――」

『せんせい……』

「賢くんっ？」

涙混じりの幼い声が聞こえてきて、心拍数が倍に跳ね上がった。携帯電話を握る手が急に汗ばんできたのが自分でもわかる。

「賢くん、今どこにいるの？」

『おうち』

「賢くん、大丈夫だよ。お話聞かせてくれる？　お父さんはどうしたのかな？　いるならお電話代わってくれるかな？」

『お父さん起きないの』

京野の様子を聞いて、恩田はぞくっとした。

まさか過労死なんてことには……。

恩田は一瞬で最悪の事態を想像してしまい、鳥肌が立つ。

緊急事態に対応できない不安や京野が目覚めない恐怖を、賢は朝からずっと抱えていたのだろう。

恩田の声を聞いて気が緩んだのか、電話の向こうでわんわん泣いている。

落ち着くのを待ってから話を聞いてみたところ、京野の体が熱いらしい。生存は確認できてほっとしたものの、高熱となるとそれはそれで危険な状況かもしれない。

「賢くん、なにか食べてる？」

『ぱんだのめろんぱんたべた』

「そっか。よかった。じゃあ、一度電話切っていいかな？　ちょっと園長先生にお父さんのお話してみる。すぐにまたかけ直すから、電話が鳴ったらまた出てくれる？」

『うん』

恩田は一旦電話を切り、園長に報告しに行った。

「園長先生、賢くんと連絡がつきました。京野さん、どうやら倒れているようなんです。電話口で賢くんが泣いていて」

恩田は賢から聞いた話を伝えた上で、賢の保護を申し出る。

「事情が事情ですので、今から賢くんを迎えにいって、保育園に連れてきていいですか？　京野さんの意識がないようですし、深刻な状況だったら救急車を呼ぶなり病院に連れていくなりしないといけないと思います」

保育園も本来いるべき職員が二人欠けており、ぎりぎりだ。その上恩田までいなくなってしまったら、さらに手が回らなくなってしまう。

「子供たちの昼寝の時間が終わるまでに帰ってくるようにします。二時間でなんとかなると思います。その間の作業の負担は、ほかの先生にかけることになってしまいますが」

「それでも、賢くんの状況を救うのが最優先よ。お昼寝の時間帯だったのが、不幸中の幸いだわ」

園長は即決した。

恩田もすぐにエプロンを外し、再び京野の携帯電話に連絡した。

今から行くと恩田が告げると、賢はまた泣き出してしまった。

きっと怖かっただろう。心細かっただろう。

恩田は小さい子供がいる職員の自転車を借りて京野家まで飛んでいった。

エントランスで電話をしてからインターフォンを鳴らし、自動ドアを開けてもらう。京野家のフロアまで上がると、賢がエレベーターのドアの前で待ちかまえていた。

「せんせいっ。おとうさんしんじゃうよっ」

目から大きな涙の粒がぼろぼろとこぼれ落ちる。ずっと泣いていたのだろう。目が腫れてしまっている。

賢の心をなだめてやりたいが、急《せ》く気持ちもあって、恩田は賢を抱き上げ部屋に上がった。

「賢くんは体調悪くない？　元気？」

「うん、げんきだよ。でもおとうさんが……」

部屋の中は相変わらず隅々まで掃除が行き届いている。賢の部屋のドアは開けっ放しで、京野は賢の布団の隣に敷いた大人用の布団の中で眠っていた。

「京野さん……、京野さんっ？」

「おとうさんっ」

体を揺すったり頬を軽く叩いてみたりして呼びかけたが、賢の言うとおり京野は起きない。首筋はとても熱くて、三十九度以上出ていそうだ。

京野が受け答えできれば安心できたのだが、意識がないため危機感が募る。

枕元にびしょ濡れのタオルとりんごが一個置いてあった。タオルの水分の大半は布団に染み込んでいるが、持ち上げたらまだ絞れそうだ。

「これ、賢くんが用意したのかな？　りんごも？」

「うん、おねつでてたから。りんごは、おなかすいてるとおもったの」

「そっか。おりこうさんだ、賢くんは。お父さんのことが心配で、看病してあげたんだね。とっても偉いよ」

恩田は賢の頭をなでてやる。

おそらく病気のときに母親にしてもらったことを、賢なりに考えて京野にしてあげたのだろう。びしょびしょのタオルを顔に載せられてつらかったかもしれないし、完全に意識がなくて気づいていないかもしれない。りんごも、丸のまま持ってこられても困ってしまう。でもきっと、賢の父を思う気持ちや優しさは、必ず京野に伝わるはずだ。

恩田は洗面所でタオルを固く絞り直し、京野の額に載せてやる。敷布団の濡れている部分はバスタ

オルでガードした。

　また賢に許可をもらい、賢立ち合いのもと冷凍庫を開ける。小さな保冷剤をいくつか出してきて、京野の首に当てて応急処置をした。

「賢くん。お父さんを病院に連れていくよ。お医者さんに診《み》てもらったほうがいいから。保険証……どこにあるかわからないよね。お父さんがいつも行ってる病院なんて、それこそわかんないんだろうなぁ」

　恩田は無駄だと思いつつも一応尋ねてみた。すると賢はなにかひらめいた顔をして、クローゼットを指さした。

「びょういんのかーどは、ここにはいってるよ。だいじなものは、だいたいここにあるんだって」

「ここ？　えっと、開けていいかな？」

「いいよ。ごほんのなかにあるの」

　賢の言葉の意味がわからなかったが、いちいち躊躇している時間はない。

　クローゼットを開けると目の高さにある棚にファイルが入っていた。ほかには衣類や鞄類がいくつかあるだけで、本らしきものは見当たらない。

「あかいの」

　どうやらこのファイルのことを指しているらしい。

恩田は賢に言われたとおり、ノートサイズの赤いファイルを取り出し確認すると、診察カードや店のポイントカードなど、ありとあらゆるカードが種類別、さらに京野と賢とに分けられ収納してあった。保険証もある。

「賢くん、お見事。ありがとう！」

まさか「もしも」のことを想定しているとは思えないのだが、京野がしっかりと賢に教えていたからこその結果だ。

「賢くん、いつも行ってる病院のカードはどれかわかる？」

この保管の仕方を見るに、おそらく使用頻度《ひんど》が高いものが前のほうに来ているはずだと踏んで、恩田は最初のページを開いて賢に尋ねた。すると予想どおり、一番上にあった個人病院のカードを指した。住所は京野のマンションのすぐそばだ。

しかし午前の診療が終わってしまい、午後は三時からだった。

京野の状況を見るに、病院が開くのを待っている場合ではないだろう。最悪の場合は救急病院を念頭に置きつつ、恩田は無理を承知でカードに記載されている電話番号に連絡を入れてみた。状況を伝えるとすぐに診てくれることになったので、恩田は二人にコートを着せ、京野を背負ってマンションを出た。

依然として京野の危機的状況は脱していないのだが、その頃には賢の涙は消えていた。京野の財布や携帯電話、タオルなどの荷物を作ると、その袋は賢が持ってくれた。

賢の表情からは、父親を助けなければいけない、という強い意志を感じた。


風邪や腹膜炎《ふくまくえん》などの目立った症状はないそうで、診断の結果は、疲労による発熱だろう、とのことだった。

健康優良児で昔から病気とは無縁の恩田は、疲れで熱が出るなんて知らなかった。

京野が賢を抱えてがんばっている姿を知っているので、なんだかやるせない。

「点滴《てんてき》を打ち終わる頃にはよくなってるよ。でも、万が一症状が回復しなかったら、そのときは大きな病院に連れていくといい」

カルテになにか書きながら、初老の医者が言った。

「入院しなくても大丈夫ですか？」

「今のところは、だがな。まあ、そんなに悪くないから安心しなさい。早く連れてきたのがよかったんだ。ただ、賢くんはびっくりしちゃっただろうな。もう大丈夫だからな」

医者はベッドに横たわっている京野の足元にちょこんと座っている賢に、優しい目を向けた。医者に大丈夫だと言われてようやく本当の意味でほっとできたのだろう賢は、腫れぼったい顔でにこりと笑った。

「恩田さんは仕事の途中で抜けてきたんだっけか。ごくろうさん」

ここに至るまでの経緯を話すには、まず恩田が何者かという説明からしなくてはならない。そのため医者には恩田の素性《すじょう》を伝えてある。

「もう戻っていいよ」

「え、でも点滴が終わったら、京野さんはどうすれば……」

「終わってもすぐ目が覚めるわけじゃないから、しばらくベッドに寝かせておいてやるよ。目が覚めて動ければ自宅に戻るだろうし、動けないなら明日までここで寝てたっていいんだし」

もともと京野のかかりつけだったとはいえ、診療時間外に見てくれたり入院設備がないのに明日まで寝てていいと言ってくれたり、アットホームな病院のようだ。

「賢くんはどうするんだ？」

「京野さんがこんな状態ですので、ひとまず保育園に連れていきます。延長保育の登録をしているし、ちょうど僕が遅番で最後までいるので、終わったらひとまず自宅に送り届けます。あとのことは京野さんの様子を見てから考えます」

最悪の事態を考えて、京野が入院となった場合は恩田が預かるつもりでいる。なぜなら、緊急連絡先がいまだに空欄だからだ。なるべく早く出すよう、時々言ってはいたのだが、返事はいつも「まだ見つからない」だった。

見つけなければならないが、子供のことで赤の他人の手を煩《わずら》わせてはいけないという思いもあるのだろう。もしくは、お願いしたものの断られている可能性だってある。親族や賢の母親にも頼れず、八方塞がりの状態だったのかもしれない。

それに気づかず自分の気持ちを押しつけるような真似をしてしまって、本当に申し訳ない気持ちにさせられる。昨日だって、痩せた京野に気づいたのに、結局なにもできなかった。

あのときもう少し突っ込んでいたら、京野は倒れなかっただろうし、賢にもつらい思いをさせずに済んだのだ。

「まあ、賢くんもお父さんと一緒にここに泊まったっていいんだからな」

「ありがとうございます。僕も園長に相談してみたりしますので」

京野のそばに、心温かい人はいる。それがわかった恩田は、自分のことのようにうれしかった。同時に、なにもできない無力な自分が情けなくもある。

好きだなんて言っているくせに、京野を支えることもできないなんて。

考えれば考えるほど落ち込んでしまう。

二度とこんな気持ちにはなりたくない。京野が安心できる場所、力の抜ける場所に、恩田がなれたらいいのに。

「ねえ、賢くん。先生不思議に思ったことがあったんだけどね、どうして朝の電話に出なかったの？気がつかなかったのかな？」

京野を病院に預け、賢を自転車の後ろに乗せて保育園に向かう道すがら、恩田は聞いてみた。

可能性が高い理由を挙げれば、気づかなかったのだろう。気づいても出る前に切れてしまったり、かけ直す方法がわからずに放置されたとも考えられる。

または、京野に出るなと言われていたからかもしれない。たとえ緊急事態が発生したとしても、幼いため状況判断ができず、親に言われたことを守り続ける子もいる。

案の定、賢の答えは恩田の想像したうちのひとつ、京野に常日頃から電話やインターフォンが鳴っても出るなと言われていたのだそうだ。

ではなぜ恩田が電話したときだけ出たのだろう。それはそれで疑問だ。

「おとうさんのけいたいでんわに、おんだせんせい、ってかいてあったから、でちゃったの」

言いつけを守らなかったことを悔いているのだろうか。賢はしょんぼりとした口調で言った。

「着信表示のことかな？　賢くん、漢字読めるの？」

「ううん。よめない。でもかたちはおぼえてるよ」

あのとき職員室からではなく、携帯電話から京野に電話をかけた自分をほめてやりたい。そして、あとで登録しておくと言った京野が忘れずに恩田の番号を登録してくれていたことも幸いした。

電話に出てはいけないと言われていたにもかかわらず、高熱が出てぐったりしている京野をどうにかしたくて、賢は約束を破ってしまった。そのことで落ち込んでいるようではあるけれど、悪いことなどこれっぽっちもしていないのだ。

「せんせい、ぼくがわるいこだから、おとうさんはびょうきになっちゃったのかな」

賢のファインプレーに胸を踊らせていた恩田とは対照的に、賢のテンションは低い。

「賢くんのどこが悪い子なんだろう。先生、保育園で賢くんと過ごしてるけど、そんなふうに思ったことは一度もないんだけどな。だれかになにか言われたのかな？」

賢の顔を見るために、恩田は自転車を一旦止めた。振り返ると賢はうつむいていたので表情はわからなかったが、がっくり落ちた肩が心情を物語っている。

「けんのおとうさんはこわい、ってゆうくんがいったの。おとうさんがこわいのは、ぼくがわるいこだからって」

以前、積み木の件で賢と揉《も》めた男の子だ。元気で力が強く、叩いたり押し倒したりなどのトラブルは絶えないのだが、さらに、どこから情報を得るのか、人の弱い部分を的確に突く子なので、そういった面でもしばしばケンカになる。

「ぼくがね、おとうさんはこわくないもん、やさしいもん、ていったら、ゆうくんはおこったの」

そして制作途中だった賢の積み木を崩し、いくつか取り上げ隠してしまったそうだ。その上、決定打を放った。

「それでね、おとうさんがこわいから、おかあさんがにげたっていったの」

「……だから積み木で叩いちゃったのかな？」

当時のことを話し始めた賢に尋ねると、賢はうつむいたまま小さくうなずいた。

なんてこった。

恩田は賢に気づかれないよう、短いため息をついた。

恩田は単純に、積み木の奪い合いでケンカをしたのだと思っていたのだ。

二人のこれらのやり取りを聞いていた園児がいなかったのは不幸中の幸いか。母親が逃げた、なんて言葉は子供たちの間で広まってほしくない。

ほかに目撃者がいないから、賢の言葉だけを鵜呑《うの》みにしてはいけない。しかし賢が「母親が逃げたのは父親のせい」と言われたなどと嘘をついてまで京野を貶《おとし》めるはずがない。そもそも京野は母親がいなくなった理由をそのように説明していない以上、賢に知識があるわけもなく、つまり、かなり高い確率で、賢は勇太から心ない言葉をぶつけられている。

「ゆうくんが人を傷つける言葉を言っちゃったから、賢くんは我慢できなくなっちゃったのかな」

何日も経ってから恩田にこの話をしてきたということは、賢はあれからずっと心にわだかまりを抱いたまま生活していたのだろう。けろっとしているように見えていたけれど、賢は胸に深い傷を負ってしまったのだ。

「そんなことがあったなら、先生にお話ししてほしかったな。理由を言いなさい、ってお父さんにも言われてたけど、おうちに帰ってからお話ししたの？」

「ううん。してないよ。だって、おとうさんがきずつくでしょ。おとうさんはやさしいもん。ゆうくんがいってるのはうそだもん」

小さな心で抱えるには大きな問題だっただろう。それでも京野を傷つけないようにと必死になっていた賢がけなげだ。本当に愛らしい。

「大丈夫。お父さんはちょっと不器用なところもあるけど、優しいって先生も知ってるから」

「ぶきよう、ってなに？」

「うーん……、怖くないのに怖く見えちゃったりすることかな。説明するの難しいね」

恩田が肯定してやることによって、賢の表情が明るくなった。

再び自転車を走らせながら、もっと賢の気持ちを上向きにさせてやる。

「先生は、賢くんが優しい子だってことも知ってるんだよ。さっきはお父さんのピンチを救ってくれたね。あのとき電話を取ってくれてありがとう」

「でんわにでちゃだめ、っていうおやくそく、やぶっちゃった」

「お父さんが病気で苦しんでいたんだし、恩田、っていう文字がわかったから、って説明すれば、お父さんもわかってくれるよ。だって賢くんは命の恩人なんだもん。先生もね、賢くんが出てくれて本当によかったよ。お父さんだってきっとありがとうって思ってるよ」

「ほんとに？」

「うん。先生もちゃんとお話ししておくからね」

「ありがとう」

背中の賢は、うれしそうに言った。

赤信号に差しかかったので、恩田は自転車を止めて賢を振り返ってみる。数分の間に口数が減ったと思ったら、賢は眠ってしまっていた。

子供のいる職員に自転車を借りておいてよかった。ベルトで固定されているため、転落の心配はない。

信号が青になるとともに、恩田は再び自転車を走らせた。

数時間、賢は怖い思いをしていた。恩田と会ってほっとして、さすがに泣き疲れたのだろう。

保育園ではちょうど昼寝の時間帯だ。園に着くまでの短い時間だが、賢を眠らせてやる。

無垢《むく》な寝顔を見ていると、守ってあげたいという気持ちにさせられる。ほかの園児たちも同様だ。

京野に対して抱いている、支えてやりたい、力になりたい、という感情は、子供たちへの庇護欲と近いものがあるような気がして、好きとは違うのではないかとすら思えてくる。そう自分に思い込ませて無理やり京野を忘れられたらいいのだけれど。

京野は立派な成人男性だし、社会的にもいわゆる勝ち組の人だし、年下の恩田が守ってやりたいと思うことすら失礼だ。恩田に支えられなくても、京野は一人で生きていける。

それでも恩田は京野のそばにいたい。

その答えにたどり着いたとき、恩田はパズルの最後のピースがはまったような爽快感を覚えた。

京野が笑顔でいられるようにしたい。京野が笑っていたら賢だってうれしいだろう。

自惚れだってわかっている。でも京野のそばに恩田がいたら、きっと笑って毎日を過ごせるはずだ。


今日は京野の迎えがないため、延長保育に入って賢一人になったら、恩田は早く切り上げて賢を連れて帰るつもりだ。昼寝の時間は短かったし、朝からあんなことがあってかなり疲れているに違いないから、早く寝かせてやりたい。

園長にも相談し、もしも京野が入院する場合は、ひとまず今日は恩田が賢を預かることになった。しかし賢が京野のそばにいることを望むなら、京野と一緒に医者に託す選択肢も残されている。

京野の心情を察すれば、担任の恩田ではなく医者の世話になったほうが、気持ちは楽に違いない。園の方針として保護者のケアまでを謳っていたとしても、保護者が病気の間その子を預かるというのは職務の範囲を大きく逸脱《いつだつ》してしまっている。前例を作ると、それを利用しようという人が出てきてしまう可能性があるのだ。

少なくとも京野はそのような人間ではないこと、親戚と疎遠で頼れる人がいないことなどを考慮した上で、今回に限り、という条件付きだ。

そうでなければ、公《おおやけ》の機関に預けるということも可能だ。時間外なので一時預かりの施設に直接連絡し、空きがあれば手続きの書類を書いて、保険証や着替えなど必要なものを用意してあらためて施設を訪れる、ということをこれからしなくてはならない。そして、翌朝はだれが迎えにいく？

これらの手間や賢の精神的負担を考えたら、身近な人間が預かったほうがいいだろう、とだれだって思うだろう。

ただし緊急連絡先に指定されていない以上、簡単に医者に任せるわけにもいかない事情がある。その点を考えると、やはり恩田が預かるのがいいのだけれど。

どれが最善か判断しかね、恩田は少々焦っていた。

さすがにもう京野も目を覚ましているだろうし、どうしたいか本人に確認するのが一番だ。すでに自宅にいるなら、恩田があれこれ考えたことは取り越し苦労だ。

「お友達はみんな帰っちゃったし、あとはもう賢くんだけだね。早くお父さんのところに行きたいでしょ。先生も心配だから、もう帰ろうか」

「うん、かえる。おとうさん、よくなったかな。おいしゃさんは、すぐよくなるっていってたよね」

「お医者さんの言うとおりになってるといいね。保育園を出たら、一回お父さんに電話してみようか。でも寝てるかもしれないから、お医者さんのほうがいいかな」

話をしながら帰り支度をしていると、インターフォンが鳴った。こんな時間に来るのは、忘れ物をした保護者か職員かのどちらかだ。

「はい、……えっ？」

軽い気持ちで応対した恩田は、モニターに映《うつ》った人を見て大きな声を出してしまった。もこもこのダウンジャケットに細身のジーンズを身に着けた、一見大学生ふうに見える男性、京野が門の外にいたのだ。

恩田はすぐに開錠し、まだ暖房の熱が残る部屋に招き入れる。

「おとうさんっ！　おかえりっ！」

仕事帰りの習慣で、賢は「おかえり」と言って、満面の笑みを浮かべて京野の足に飛びついた。

「ごめんな、賢。心配かけたな」

「あの、歩いて大丈夫なんですか？　四十度超えてたのに……」

昼間の京野とはまるで別人で、しゃっきりしている。しかしそう見えるだけであって、やはり目の下の疲れは隠しきれていない。

「点滴ってすごいよな。強いの入れてくれたみたいで、あっという間に元気になっちゃったよ」

「いや、でも、そうは言ったって、本調子ではないでしょう？　寝てないと」

「うん、そうなんだけど。賢のことも心配だったし。かわいそうなことしてしまったし、早く会いたかったんだ」

京野は足にしがみついていた賢を抱き上げた。当たり前のことだけど「親子だ」と思った。

京野の元気な姿を見てほっとした賢が、ころころと笑う。

子供の笑い声を聞くと、恩田も自然と笑みが浮かんでくる。

暖かい部屋で話すのもよかったのだが、京野は病み上がりなので、すぐに帰ったほうがいい。恩田ともう一人の職員とで素早く戸締まりチェックなどをして保育園を閉めた。

「僕を担いで病院に連れていってくれたんだってな。ありがとう。仕事中だったのに、申し訳ない」

乗ってきた自転車を押しながら、京野は恩田に言った。

京野を病院に運んだとき、恩田は仕事を抜け出してきたことなど、聞かれてもいないどうでもいいことまで事細かに医者に伝えてしまった。それらが全部、京野に伝わっているのだろう。当時の焦り具合を全部知られてしまって居たたまれない。

「あの、京野さん。今気づいたんですけど、会社に連絡しましたか？　僕もあのときテンパってたから、そこまで気が回らなくて」

「ああ、大丈夫だ。朝のうちに同僚にメールを送ってたらしい。文章がめちゃくちゃで、心配するメールが来てた」

「だったらよかった。無断欠勤なんかしちゃったら困りますもんね」

「メール送った記憶なんてないのに、ちゃんと連絡を入れてる自分がすごいと思ったよ。明日も休んでいいってさ。有給あまり残ってないから、気が引けるんだけど」

意識がないのに職場に連絡を入れるのは、責任感があるからだ。そして京野は、だからこそ、明日には出社するのだろう。

できることなら、もう一日ぐらい休んでほしいのだけれど。しかし京野の職場でのポジションがわからないし、恩田が決められない。首根っこつかんで布団に縛りつけられたらどんなによかったか。

「おとうさん、あした、おしごとおやすみ？」

「ああ、やすむよ」

「え？」

「え、ってなんだよ」

恩田の反応を見て、京野は苦笑いした。

「い、いや、だって……。ぜったい仕事行くって言うと思ってたので」

「仕事人間だからな、僕は。そう思われてもしょうがないし、会社も、あっちから休めって言ってこなきゃ出社してたよ。それがわかってるから、向こうから休みをくれたんだろうな」

病み上がりで本調子ではないはずだが、京野の表情は明るい。今まで京野にまとわりついていた厄《やく》のすべてが、高熱によって溶けて落ちたような清々《すがすが》しさだ。

「明日もう一度点滴を打ってもらうことになっているんだけど、それ以外にはすることもないし、賢にはつらい思いをさせてしまったし、明日は二人でゆっくり過ごすことにするよ」

京野は、自分が倒れてしまったら賢がどうしようもなくなることを察したのかもしれない。今までだって、わかっていなかったわけではないだろうけれど、しかし実際にその状況に陥ったことで、京野は本当の意味で理解したのだろう。

「ぼく、あしたほいくえんにいく」

「え？　どうして？　お父さんと遊ばないの？　お休みなんだよ？」

「おとうさんはひとりでおやすみして。ぼくは、おともだちとあそびたいの」

本気で言っているのか、京野に気をつかっているのか、判断しかねる。しかしどちらとも賢の本音のような気もするのだ。

「まあ、病院に行くときも賢を連れていかなきゃならないし、点滴も時間かかるし、その間待たせることになるし。そういうこと考えると、保育園で見てもらったほうがいいのかな。午後は時間が空くんだけど」

「賢くん、無理してない？　お父さんと一緒にいたいなら、そう言ってもいいんだよ？」

「ほいくえんにいく」

賢の決心は堅い。

「じゃあ、お願いしてしまおうかな。延長保育なしで、普通の時間内で」

「わかりました。早番の先生に、賢くんが明日だけ八時半から五時半までの通常保育時間になることをメールしておきますね」

「ありがとう。よろしく」

「あと、そういえば、お医者さんが昨日、もしものときは賢くんを預かってくれるというようなことを言っていたんですよ。なので、緊急連絡先に指定させてもらえそうな気がするんです。なんか地元密着のいいおじいちゃんって感じがしたし。図々しいですかね」

恩田の提案に、京野は目を大きく見開いた。そんな発想などなかったのだろう。恩田も提案してはみたものの、了解を得られるかどうかは五分五分といったところだ。

「先生がそんなことを……。賢が生まれたときからずっと世話になってるんだ。奥さんと娘さんが看護士で、娘さんの夫は整形外科のほうの医者で。家族でやってる小さい医院なんだけど、いつ行っても人で溢《あふ》れてるんだ。いい病院なんだよ。内科の先生は医者ってよりはおじいちゃんとおばあちゃんみたいな感じで賢も懐いてるし。無理は承知でお願いしてみようかな」

あの医者ならば、きっと引き受けてくれる気がする。

ひとつずつ、確実に物事は、前進していっている。一つの山を越えたら、京野と賢の絆は今よりも強固なものになるだろう。

話題にしていた病院の前を通り過ぎ、京野のマンションにたどり着いた。

気がつけば、昨日までのぎくしゃくとした空気がきれいさっぱりなくなっている。話がしたいのに、ここで終わりだなんて残念だ。でも今晩は、京野と賢にはゆっくり休んでほしい。恩田はジレンマと戦っている。

京野が自転車を片づけている間、恩田は賢と二人でエントランス前で待っていた。

明日は賢が保育園に行ってしまうので、京野は一人だ。そして恩田は——。

京野が戻ってくると、賢がエントランスの重たい扉を引いて中に入っていった。外には恩田と京野の二人だけ。

「今日は本当にありがとうございました」

照れたようにはにかんだ京野を見て、恩田の胸に一生抜けない矢が刺さったような気持ちにさせられる。いても立ってもいられないような強い衝動が走り、その瞬間には、恩田は京野の手首をつかんでいた。

家に帰ってからメールをしてもいいのだが、なんだかんだで体《てい》よく断られかねない。それならば、本人に直接言ってしまったほうが、勢いで乗り切れるような気がするのだ。

ならば、チャンスは今しかない。

「京野さん」

急に手首をつかまれた京野は、びくっとして、警戒するような顔つきになる。

やはり引いたほうがいいのだろうか。仕事として付き合いがある以上、トラブルは避けなければならない。

いや、でも、恩田は気持ちを胸の中にしまっておくのが難しいのだ。好きだから好きだと伝えたいし、京野に恩田を好きになってもらいたい。

いやいや、やっぱりだめだ。これ以上追ったら嫌われて終わりだぞ？

恩田はわずか一、二秒で、様々なことを考えた。京野の表情を見たら、どうしたらいいのかわかるはずなのに。

「僕、じつは明日お休みなんです。病院終わった頃、家に行ってもいいですか?」

心の中で結論づけたことと真逆の言葉が口からポロリと飛び出した。

「え? え?」

唐突《とうとつ》に言われて返事ができない京野に、恩田は重ねて言った。

「明日、お昼頃行きます。お弁当買っていきます。おやすみなさい!」

返事は聞かない。もう、どうにでもなれ、といった捨て身の気持ちだ
恩田は全速力でその場から逃げ出した。鏡なんか見なくても自分が今どんな顔をしているのかわかる。

京野のマンションが見えなくなるまで、走りきり、ようやく足を止めた。火照る顔を両手で覆い隠し、小道の端でしゃがみ込む。

——はあ、俺ってみっともない。


前日の予告どおり、恩田は弁当や飲み物を二つずつ買って京野の家に突撃した。

無理やり押しかけたようなものだが、京野は嫌な顔もせず上げてくれる。

暖房の効いた室内で、京野は厚手のパーカーを着ている。恩田は暑がりなので薄い長袖のシャツ一枚で平気だ。

昨日の夜の段階ですっかり治ってしまったらしく、睡眠もばっちり取ってもう一度点滴を打った今日は、かなり体調がいいらしい。顔色もいい。一時はどうなることかと思ったが、京野の元気な姿を見られて本当によかった。

会話らしい会話もないまま弁当を食べ終え、リビングの応接セットのソファに並んで座る。間に一人分の間があるのが寂しいが、意識しないことにする。

「自分で言っておいてなんなんですけど、強引にすみません」

お茶を飲んでひと息ついてから、恩田は頭を下げた。話のきっかけを見つけられなかったので、脈絡もなく切り出した。

「いや、僕も恩田先生と話がしたかったから」

「え？　は、話って？」

「賢のことなんだけど」

あ、そっちの話か。

恩田は先走った自分を恥じ、頭をくしゃりとかく。てっきり例の件かと思ってしまったのだ。

「賢が勇太くんを叩いてしまっただろ。他人を傷つけたことはきちんと注意しなくちゃいけないって思ったにしても、あんな言い方はなかったなって。恩田先生にも言われたけど」

賢にとっても京野にとっても、あの日の出来事は指に刺さった小さな棘のように、じくじくと痛みを覚えていたようだ。

「言い訳にはならないけど、あの日の午前中に部下が取り返しのつかないような大きなミスをしたんだ。まあどうにかカバーして午後には落ちついたんだけど、あとの処理をしてるときに恩田先生から連絡がきたんだ。保育園から連絡が来た話をすると帰っていいって言われて。あんな大変なときに、だ。僕がいなくてもいいってことだと言われたような気持ちになるわ、賢が友達を叩くわで、いらいらしていて賢に当たってしまったんだ」

当時の自分の行動を反省しているようで、京野の口調は自嘲的だ。

「賢には詰め寄るような言い方をしてしまって、本当にかわいそうなことをしてしまったよ。でも、やっぱり叩くのはよくないことだから……」

京野は自分の気持ちを持て余しているのか、うまく言葉にできないらしい。しかも自分の悪いと思った部分を話すのは簡単ではない。しかしそれを恩田に言ってくれている、という事実を自分にとって都合のいいように解釈していいのだろうか。

「もちろん、叩いちゃダメですよ。でも、賢くんの事情も聞いてくれますか？」

恩田は昨日聞いた賢の気持ちを京野に伝えた。

「積み木を崩されたことはもちろん悲しかったんだろうけど、賢くんはそこで手を出す子じゃないんです。我慢ができなかったのは、京野さんを侮辱《ぶじょく》されたことなんですよ」

母親が逃げた、という話題は子供同士の会話としては高等すぎるので、おそらく、賢の幼稚園の知り合いの親だか賢の母親か、どこからか話が漏れ伝わったのだろう、ということが想像できる。

「方法は間違ってしまったけど、お父さんの名誉《めいよ》を守ろうとした賢くんの気持ちは理解してあげてください。その上で、叩いちゃダメって諭すといいと思いますよ」

「……そうか」

気持ちが落ちついているときに聞かされれば、胸にすっと入ってくる。賢の京野への思いも、心にしっかり届いているはずだ。

「頭が固いし、周りには怖いって思われている僕に育てられるなんて、賢はかわいそうだ」

今このタイミングで賢の思いを伝えたことは失敗だったらしい。京野に反省してほしかったのではなくて、親子がわかり合えるかと思っての判断だったのだが、恩田はまたしてもミスをしてしまう。

「そんなことないですって。保育園にいるときだって、京野さんと釣り堀に行ったこととか、楽しそうに話しているんですから。賢くんは京野さんのことが好きだし、かわいそうだなんて思わないでください」

恩田が慌ててフォローを入れるものの、京野の眉間にはしわが刻まれたままだ。

「これからなんですって。かわいそうとか、今判断する場面じゃありませんから！」

「これから……で間に合うのかな」

「大丈夫ですってば。僕もいますから！　ちゃんと賢くんのこと見守ってます」

「……恩田先生には本当に助けられているよ。僕一人で育てる不安があったし、親としては本当に未熟で自分でも嫌になるけど、でも、恩田先生のおかげでこの二ヶ月ぐらい、どうにかやってこられた。ありがとう」

「いえ、僕が好きでやってることなので」

どうにか安心させようと思ってそう言ったのだが、京野の表情は冴《さ》えない。

もしもの話だけど、と京野は前置きしてから続けた。

「もしもうち以外のどこかの家庭がうちと同じ状況だったらどうだったんだろう。恩田先生のことだから、きっとうちにしてくれたことと同じことを、その家庭にもしてあげるんだろう」

京野の意図がつかめず、恩田は返事に困る。

「実際に起きてないので断言はできないんですけど、今回の京野家は特殊な例だと思います。年中《ねんちゅう》さんが年度の途中で幼稚園から転園してきたこと、これまであまり育児に参加してこなかったお父さんが引き取って育てていること、親族など周囲に助けてもらえる環境ではなかったこと。いろいろな要素が重なっていたので、園としてもかなり気にかけていた部分はあります」

当たり障《さわ》りのない回答をしてしまったが、京野にとってこれは正解だったのか。

最初の頃こそそのつもりだった恩田だが、徐々に私情が入り込み始めてしまった後ろめたさがあるので、はらはらしながら京野を見守る。

「ほかの園を知らないから比べようもないんだけど、保育園というのはここまでやってくれるのかって驚いているんだ。でも、恩田先生がアドバイスをしてくれたおかげで学べたし、足りないことだらけで賢に負担をかけているけど、ひょっとしたら少しは父親になれたんじゃないかなって思っていいのかな」

「京野さんは立派にお父さんやってますよ」

お世辞でもなんでもなく、恩田は心からそう言った。

完璧な人間なんていない。でも、それぞれ自分なりにがんばっているのだ。京野だってそうだ。恩田も毎日、せいいっぱい生きている。

肯定されてほっとしたのか、京野は湯呑みを持ったまま、ちらりと恩田に視線を寄越してきた。なにか言いたげにも見えるし、ただの勘違いのようにも思えるし、鈍感な恩田は反応に困ってしまう。

「あの、恩田先生。この前のことなんだけど。僕のことを好きって言った……」

急に話題を振られて、恩田は背筋が伸びた。恩田はいつかこの件について話をしようと思っていたし、今日がその時だと思って身構えつつやってきたのだが、いざ相手に先を越されると、言葉に詰まってしまう。

「いや、その、ご迷惑かけてしまってホントにすみませんでした」

「え？　別に迷惑なんて思ってないし……」

京野の態度がはっきりしない。

あのとき京野から拒絶の言葉を聞かずに話を終わらせてしまったのがまずかったのだ。きちんと蹴りをつけたほうが、お互いのためになるだろう。とはいったって、恩田は諦められないし、そのつもりもないけれど、迷惑になるような行為はしないつもりだ。

「京野さんは、僕に好きだなんて言われて困ってしまったんでしょう？」

「困ったっていうか、びっくりしたんだよ。だれだっていきなりあんなこと言われたら驚くだろう？」

「だって京野さんの態度が、すっごくぎくしゃくしてて、嫌そうなオーラ出てましたよ」

「それは恩田先生の一方的な思い込みだよ。嫌だなんて思わなかった。でも、どうすればいいのかわからないってのも本音で、そういう意味でぎくしゃくしてしまったのは認めるよ」

拒否されたと思ったし、今この瞬間まで、はっきりと断られると思っていたのに、京野の口から思いがけない言葉の数々が出てきて、今度は恩田のほうが困惑する番だ。

「賢のことで世話を焼いてくれているんだろうって思っていたのに、急に好意を向けられて、しかも男に告白されて、僕だってどうすればいいのかわからなかったんだ」

「いや、僕だって男に告白なんてしたことないですし、されたこともないから、京野さんの戸惑いはわかります。むしろ困らせてしまってすみません」

「こっちこそ、僕の態度で恩田先生のことを傷つけてしまってすまない」

恩田がローテーブルに額を打ちつける勢いで頭を下げると、京野も同じように謝ってきた。お互いにぺこぺこし合っているうちに、どちらからともなく笑みが浮かんできた。

「でも、好きだって言われたら、うれしいよ。ありがとう」

そんなふうに返されたら恩田は勘違いしてしまう。今思いを伝えたら、受け入れてくれるかもしれない、という期待感が膨らんでくる。

「京野さん、僕はあれからいろいろと考えたんですけど、やっぱり京野さんが好きです！」

「僕も恩田先生の気持ちはうれしいんだけど、その、恩田先生の好きって、どの程度を指しているんですか？」

「どの程度って、もちろん恋愛的な意味で言ってます。正直に言います。さっき言ったのも本音だけど、もっと本音を言うと、京野さんの手助けをしたかったからいろいろ相談に乗ったりしました。下心丸出しです。職員としてはあってはならない行為だし、こんなギラギラした思いが知られたら、気味悪がられるかもしれないから言えませんでした」

京野は恩田の気持ちをしっかり聞いてくれている。前は驚いてしまったからなにも言えなかったと言うなら、恩田は今こそ、思いの丈をぶつけるべきだ。その上で、京野の心に少しでも恩田とのことを考えてくれる隙があるならば。

「冷たい、無関心だって言われるし、僕は恋愛には向いていないと思う。だから好きだって言ってくれてうれしいけど、きっと悲しませてしまうよ」

すぐそばにいるのに、京野はずっと遠くを見つめているような表情だ。おそらく賢の母親とのことを思い返しているのだろう。もしくは、それよりももっと昔のことか。

迷子の子供のように、どうしたらいいのかわからない、といった気持ちが伝わってくる。

父親に愛されていた記憶がなく、妻にも疎まれ、京野は人を愛するのが怖いのかもしれない。

そして人から愛される自信もないのだ。

恩田は京野の手から湯呑みを取ってローテーブルに置き、両手を包み込んだ。

恩田だってうまく京野を愛せるのかわからない。でも、大切にする。京野を悲しませることはしないし、いつも京野が笑っていられるよう、いくらでも努力する。

「俺、前向きなんで大丈夫です。心の片隅に少しでも余地があるなら、それはもう俺を好きになってるってことなんですよ。だから受け入れてください。俺ならきっと京野さんを、賢くんごと幸せにできます！」

恩田は言い切ってから、「多分」と小声で付け加えた。

停止ボタンを押したみたいに、京野の動きが止まる。呆気に取られた顔をして、二度、三度まばたきをしてから、小さく噴き出した。

「恩田先生っていう人は、自信家なんだか小心者なんだかわからないな」

「俺は小心者ですよ。駆け引きとかわからないんで、ムードもへったくれもなくてすみません」

「直球のほうがいいよな、男としては。女の言葉の裏を読むのは僕も苦手だ」

「俺もです」

京野が恩田の顔をじっと見つめる。

恩田という人間を見極めているのかもしれないと思ったら顔が引き締まり、自然と背筋が伸びた。

「あの……？　俺、合格ですか？」

合格ってなんだよ、と京野は眉を下げる。

「恩田先生って普段は俺って言うんだな、って思って。それだけでずいぶん雰囲気が変わるな」

「あ、す、すみません。つい素が……」

「仕事の延長みたいで嫌だから敬語はやめてくれって言ったのはそっちなんだから、恩田先生も崩してもいいんじゃないかな」

静かな微笑《ほほえ》みをたたえる京野の意図は、どこにある？

はっきり言ってくれないと、恩田は期待してしまう。京野の言葉や仕草、表情も全部、自分に都合よく受けとってしまうのだ。

「僕は年下の恩田先生になにもかもを任せてしまうことには、なんだか拒否感があるんだ」

京野はきっと今まで、だれにも頼らずに生きてきたのだろうから、その気持ちはわからなくもない。でもこれからは、恩田を頼ってほしい。それでも嫌だと思うなら、隣にいてくれるだけでもいい。

「じゃあ俺も京野さんを頼りにします。これでイーブンです」

「恩田先生って、本当におもしろい人だ」

京野は唇の端を持ち上げたが、微笑みはすぐにため息に変わった。

「気を抜け、楽にしろ、って言われて掃除の手を抜いたりアイロンをやめてみたりしたらすごく楽になって、恩田先生は賢の相手をするのがうまくてつい任せてしまいがちで、いいんだろうか、って思い悩んでしまうんだ」

「いいんですってば。俺は京野さんの力になりたいんです。好きな人の支えになりたいって、普通の感情ですよね？」

「うちは父が甘えを許さない人だったから、僕は他人に甘えたことがないんだ。甘えるのは負けだ、ぐらいに思ってる。そもそも甘え方もわからない。でも、恩田先生になら、自分のこんな弱さすら吐き出せてしまえるんだ。弱音を吐いても受けとめてくれて、こういう気持ちってなんて言うんだろうな」

「俺も正解なんてわからないけど、甘えるって、要するに、その人に気を許せているってことですよね。京野さんが俺といてほっとできるなら、どんどん甘えてください。京野さんにはそういう人が必要なんだと思います。生真面目なところも、子供に厳しいところも、料理があんまり得意じゃないところも、いいところも悪いところも含めて全部受け止められる人。つまり俺なんですけど」

「やっぱり自信家のほうだな、恩田先生は」

京野の少し照れたようにはにかんだ顔は、もうすでに恩田に甘えているのだ。

かわいい。

キス、とかしちゃったらまずいんだろうか。

男として正しい衝動を感じた恩田は、京野の手をさらにぎゅっと握った。こちらの意図を汲んだのか、京野が唇の端をぎこちなく持ち上げる。この笑みを、どう受け止めればいいのか。

恩田は京野の手を包み込んだまま立ち上がり、京野の隣に移動する。

京野はギクッとした顔をしたが、それでも逃げる気配がない。

いいのかな？　突っ走って横っ面を叩かれたら情けないけれど、未遂のまま終わったら、恩田はきっと一生後悔する。

恩田は思い切って顔を寄せてみた。

「——っ」

勢い余って歯と歯がぶつかってしまう。

「ご、ごめんなさいっ。大丈夫ですか？」

顔を歪《ゆが》めて唇を押さえる京野に、恩田は謝った。

せっかく京野が受け入れてくれそうな気配をにじませてくれているというのに、気持ちが急いてしまってうまくいかない。

「あの、恩田先生……。やっぱり、いきなりだと心の準備が……」

「そんな……！　ここまで来てっ」

恩田は京野の肩にすがりつく。

「俺のどこがまずいのか言ってください。今すぐ直しますからっ」

「い、いや、恩田先生が悪いんじゃなくて……、その」

言いにくいことなのか、京野はもごもごと口ごもる。

「もしもこれからこういう付き合い方をしていくっていうなら、言っておかないとフェアではないのかもしれないな。僕はその、下手なんだ」

「へ、下手って、なにがですか？」

「え？」

まさか聞き返されるとは思わなかったのか、京野の顔が真っ赤になる。

困らせてしまい悪かったと思ったが、同時に恩田はそんな京野の顔や仕草がかわいいなんて思ってしまうのだ。むしろもっと困らせたくなってしまう。

「その……、セ、……クスが」

「セックスにうまい下手ってあるんですか？」

「……え？」

困惑した顔になった京野を見て、恩田は失言したらしいことに気づいた。しかし意味がわからなくて、首を傾げる。

「僕もよくわからないよ。でも賢の母親にはそう言われたことがあるんだ。賢が生まれてからむこうは浮気していたし、僕ももともとそんなにセックスが好きではないからしなかったし、だから上達しなかったのかも」

「ちょ、ちょ、ちょ、待って……」

既婚者だったのだし、賢だって生まれているのだから、京野から性的な匂いが感じ取れなくても完全無垢とは思っていない。それに取り戻せない過去を気にしても仕方がない。そうは思っても、いざ京野から生々しい話を聞かされたら、恩田は青ざめてしまう。

「だから自信がないし、正直に言うと、あんまりしたくないっていうか」

恩田としたくないから体よく断るために理由づけているのか、それとも、本当にセックスが嫌いでしたくないのか。だとしたら、無理やり事に及ぶのは京野を傷つけてしまうことになる。

でも、恩田はしたい。どうしても。

「下手とか、俺よくわからないから大丈夫です！　むしろ経験がないから比べる人もいないし、京野さんよりもっと下手だから安心してください！」

上手い下手があるなら恩田は確実に下手くそだから、先に宣言しておく。そのことを京野が気にしているようだから、下には下がいることがわかれば気持ちが楽になるだろう。

恩田は相当必死だったのだろう。勢いに押されてぽかんと口を開け、呆気に取られている。

その表情が、花が開くように次第にほころんでいく。

京野は今までに見せてくれたことのない、とびきりの笑顔をくれた。

恩田は困っていた。

手順がわからない、という壁にぶち当たったのだ。

いや、わからなくはないのだが、京野相手にそれをしていいのか、判断しかねている。

自分のほうに引き寄せようとして肩に手を乗せたら、京野の体が大きくびくりとした。緊張しているといえばいいのか恐怖を感じているのか、どちらとも受け取れる仕草や表情だ。

「キ、キスしていいですか？」

嫌がる素振りを見せられたらその先に進めなくなってしまうから、恩田は京野の顔をのぞき込んだ。しかしぷいっと逸らされてしまう。

顔を背けたということは、やはりダメだということなのだろうか。

セックスはあまり好きではないと言っていたのだから、無理強いしてはいけない。けれどキスがしたいしそれ以上のこともしたい。

恩田はふたつの感情で板挟みになる。でも、京野を大切に思えばこそ、踏みとどまらなくてはならないのだ。

薄い肩をつかんでいた手から力を抜いたとき、京野は聞き取りにくい小さな声でぼそりとつぶやいた。

「そういうこと聞かれても、返事に困るだろ」

「え……、っと、そういう返事だと、俺も困ってしまうんですけど……」

いいのか悪いのか、きっと経験豊富なら相手の心情を察することができるのだろう。

恩田は鈍いけれど、この状況から察するに拒絶されてはいないのだから、突き進んでしまっていいような気がする。しかし、万が一京野の気持ちを読み間違えてしまっていたら？

そう思うと一歩を踏み出す勇気が湧いてこないのだ。

嫌われたくない。でも、キスがしたい。抱きしめたい。

躊躇と欲求との間で行ったり来たりしながらも、気づいたら京野に口づけていた。さっき歯をぶつけたのはノーカウント。これが正真正銘《しょうしんしょうめい》、恩田のファーストキスだ。

京野の体温は温かくて、唇は柔らかくて、胸が熱くなってくる。

「京野さん？」

恩田は一度顔を離し、京野の顔色をうかがう。

しかし京野はまたそっぽを向いてしまったし、眉間には深いしわが刻み込まれている。

恩田は及び腰になってしまうが、抵抗されてはいないから、もう少し踏み込んでみたい。

「京野さん、もう一回キスしていいですか？」

「だからっ……。そういうこと聞くなって言ってんだろ」

京野の口調が普段よりも荒くて、怒らせてしまったのかもしれないと思った。けれど耳がほんのり赤く染まっていて、なんだかちぐはぐだ。

恩田は目の前にある情報のどれを信じればいいのだろう。

京野の心の内側を読み取ろうと、恩田は顔をまじまじと見つめる。

「だ、だって京野さんの嫌がることはしたくないし……」

視線だけで穴が開けられそうなぐらい凝視したせいか、京野は困った表情のまま顔を遠ざける。

「恩田先生って、本当に経験がないのか？」

「本当に、ってなんですか。嘘ついてなんの得があるんですか」

「いや、まあ、そうなんだけど……。冗談だと思ったんだ。恩田先生は背が高いし見た目もいいし、優しいし、気配りできるのに、なんで。モテただろう？」

さらりと褒《ほ》め言葉を並べ立てられて、恩田は恥ずかしいのと興奮とで顔が熱くなってくる。

京野はわざと恩田を煽《あお》っているのだろうか。無自覚だったとしたら罪な人だ。そんなふうに言われて我慢ができるわけがない。

「モテませんよ。中学高校のときはみんな仲良くていい友達だし、専門のときは女の中に男は俺しかいなくて、男扱いされませんでした。仲間って感じでお互いに恋心なんて生まれませんでしたよ」

「恩田先生の同級生の女の子たちは見る目がないな。仲間って、つまり安心できる存在ってことだろう？　そういう相手がじつは一番いいんだ……って、彼女たちは大人になった今ならわかるかもしれないな。恩田先生は、結婚適齢期になったらすごくモテるタイプだよ」

「大人の京野さんにそう言われたってことは、期待していいんですよね？」

恩田がそう言うと、京野の顔がまた強ばってしまう。そうさせているのは自分のせいなのだけれど、京野のそんな表情は見たくない。笑ってほしい。恩田の気持ちを受け入れてほしい。

「俺、女に異性として見られないし、恋人なんてできないんだろうなって思ってました。すごくほしかったわけでもないから、ぼんやりしてるうちにこんな年になってしまったんですけど、最近、俺が清いままでいた理由がわかったんです」

なんだ？　と京野は瞳で問い返してくる。

区内には区立私立合わせて七十近い保育園があり、京野が通える範囲にあるのは十園もないだろう。その中のひとつが恩田のいる保育園だ。恩田は今年初めて担任を持った。四歳児クラスを担当することになった。そしてたまたま定員に空きが出たところに京野が申し込み、賢の受け入れが決まった。

そうして恩田と京野は出会った。京野はこれらを偶然と考えるだろうか。

たしかに、偶然には違いない。けれどいくつもの偶然が重なって今の恩田と京野があるならば、それは運命なのだ。

恩田は京野の手を取り、真剣な眼差しを向ける。

「京野さんに出会うためだったんですよ」

「――っ」

京野は驚いたように目を見開いた。喉が上下し、ごくりと生唾《なまつば》を飲み込んだかと思ったら、突然むせ返った。

「大丈夫ですか、京野さん」

心を込めて伝えた一世一代の告白が、京野の咳《せき》で台無しだ。

「だ、大じょ……、すまん」

激しく上下する京野の背中をさすってやる。

少しして落ち着いてから、京野は恩田に顔を向けてきた。先ほどからずっと逸らされてばかりいたから身がまえてしまい、無意識にソファのシートの上で正座した。

「大げさだな、ってこれまでの僕だったら言っていたかもな。でも、今はそんなふうには思えなくて、なんて言えばいいんだろう」

「嫌でした?」

京野は一つ一つ言葉を選びながら、恩田の気持ちに応えようとしてくれている。

「いや、ぜんぜん」

「驚いた?」

「ああ、すごく。熱烈で驚いているよ」

「じゃあ、うれしかったですか?」

恩田の言葉を受けて、京野ははっと息をのむ仕草をする。

「……そうだな。僕はうれしかったんだ」

「うれしいって言ってもらえて俺もうれしいです！」

今この瞬間にでも抱きしめたい気持ちが溢れ出し、ひざの上にあった握りこぶしを開いたり閉じたりする。恩田の手の動きを見て察したのか、京野は決まりが悪そうに髪の毛をくしゃりとかき回す。

「僕も、そんなに経験が豊富ってわけじゃないんだ。急にこんな流れになって緊張しているんだよ。……でも、嫌だったらちゃんと言ってる」

京野のほうから手を差し伸べてくれたのだろうか。

「……え、ってことは」

「だから、聞くなって言ってるだろっ」

「すみません」

せっかく京野がきっかけを作ってくれたのに、それすら無駄にしてしまうなんて、恩田はなんて間抜けなのだろう。自分で自分が呆れてしまう。

完全にタイミングを失ってしまい、むらむらと、もやもやと、複雑な感情が渦《うず》を巻いている。恩田は頭をかきむしり、叫びながら床をごろごろ転がりたい気分だ。

「……」

「え？」

京野がぼそっとなにか言った。しかし声が聞き取りづらくて間合いを詰めると、京野は顔を背けてしまう。

「……恥ずかしいんだよ。明るいし。真っ昼間っからこんなこと、おかしいだろ」

真っ赤に染まっている顔を隠すかのように、耳元の髪の毛をつかむ。その仕草にきゅんとしたら、ときめきは下腹部に直結した。

あれしていいか、これしていいか、と聞く時間ももどかしい。聞かれても京野は困ってしまう。となればもう、行き着く先はただ一つ。

恩田は京野に体重をかけた。

「あ……」

不意を突かれた形になった京野は、簡単にソファのシートに倒れた。

「真っ昼間のセックスって、健康的っぽくないですか。なんとなく」

「……バカ」

甘さが入り混じった甘い『バカ』は、何度でも言われたい。

明るいから、顔を真っ赤にする京野を見ることができる。キスをしているときの京野の表情だってうかがえる。

恩田はにやけ顔のまま、京野に口づけた。このあと、どうすればいいのか。

頭で考えるよりも体が自然と動いた。より深く京野を味わうために舌の先でなでると、硬く閉じられていた唇がうっすらと開いた。恩田はそれを見逃さず、自身の舌を差し入れる。

「ん……」

呼吸をする隙を与えないほどがっついてしまったため、京野は苦しそうに顔の位置をずらす。そのときに鼻から甘い声が抜けた。

なんて愛らしいのだろう。そんなことを言ったら京野に怒られそうだから言わないけれど、全身をなで回したい衝動に駆られる。かわいくてかわいくて仕方がない。

たまらずに口内をかき回すと、京野の舌が絡《から》みついてくる。

——うわっ……。

京野が急に積極的になったように感じて心臓がばくばくし始める。しかしきっと条件反射みたいなものなのだろう。または、きちんと恩田を受け入れてくれた証なのかもしれない。

ここで恩田がぎこちなくなってしまったら京野は引いてしまう可能性がある。セックスは好きではないと言っていたのに、恩田に応えてくれようとしているのだ。つたないのはどうしようもないけれど、せめて京野には余計なことを考える隙を与えないようにしたい。

絡められた舌を、恩田は思い切って吸ってみた。

「んんっ」

肩で嫌がるような仕草を見せたが、恩田は無視して京野の歯の裏や唇を丁寧に舌でたどる。すると次第に京野の呼吸が上がってきて、吐息に甘い喘《あえ》ぎが混ざるようになってきた。

「はぁっ、……っん」

今のところ大丈夫だ。嫌がっていない。

恩田は京野の表情をうかがいながら、次第に大胆になり始める。

経験がなくても自然と動く体が不思議だった。恩田も男だったのだろう。京野を愛したい、気持ちよくしたい、という思いがあれば、ある程度は気持ちでカバーできるのかもしれない。

京野の髪の毛をなでていた手を、パーカーの裾にかけた。服の上からヘソのあたりをなでると、恥ずかしかったのか、またはそれを誤魔化《ごまか》すためなのか、京野がちらりとこちらに視線を向けてきた。

冷めた目をしているように見える。けれど瞳の奥でざわめいている京野の感情が、今の恩田なら手に取るようにわかった。それだけ、京野のことを見てきたからだ。

快楽、または羞恥《しゅうち》。それらを必死で押し殺そうとしている姿が、妙に色っぽかった。冷静さと熱に浮かされたような顔とのギャップに、恩田の気持ちが一気に高揚する。

「京野さん」

確認を取るような意味合いを含ませ、恩田は京野の名前を呼ぶ。しかし案の定というべきか、京野からは言葉がもらえないから、拒絶されないのが答えだと思うことにする。

パーカーと下に着ていたシャツを一緒にまくり上げ、京野の素肌に直接触れてみる。

「あっ……」

京野がびくりと体を震わせる。触れた瞬間の反応が大きくて、恩田のほうが戸惑う番だ。

「す、すみません」

恩田は思わず手を引っ込めた。冷たかったのだろうか、と思ったが、これ以上ないほど気持ちが盛り上がっているのだ。むしろ熱くて驚かせてしまったのかもしれない。

手のひらが京野の肌をなでさするたびに、華奢な体がしなる。

恥ずかしがる姿と、背を反らせると目の前に突き出してくるようになる乳首に煽られ、恩田はたまらずそこに手を伸ばした。

「あっ！」

指先が胸に触れたとき、京野が甲高い声を上げた。

京野はそんな声を出してしまった自分に恥じるかのように、腕で慌てて唇をふさぐ。

「京野さん、声聞かせてください」

「や……」

恩田は京野が口に当てていた腕を引き、ソファに押しつけた。反対の手でまた声を消されてしまうかもしれないので、恩田は代わりに京野の唇を自分の唇でふさいだ。

「やっ……、お、恩田先せ……、くすぐった……」

呼吸の合間に、京野は恩田に訴えかける。

「くすぐったい？」

硬くとがっている乳首を指の腹ですっとなでてみる。

「あっ……！」

くすぐったい、という言葉どおり、京野は身をよじって恩田から逃げようとする。

「それって……」

くすぐったいのではなくて、感じているのではないのだろうか。

恩田は確信を持って、今度は京野の小さな乳首をきゅっとつまんでみる。

「んっ、やだって……！」

嫌だというわりには声が上ずっているから説得力がない。恩田はもっと声が聞きたくて、逃げを打つ京野の胸に顔を近づけた。

真っ平らな胸に小さな乳首がふたつ。どう見たって男の体なのに、たまらなく愛しい。

小さな粒を、舌の先で突いてみる。

「……っ！」

京野の胸が激しく上下する。のどを反らせて大きく呼吸を繰り返し、衝動をやり過ごそうとしているのがわかる。しかし激しく上下する胸を見せつけられたら、恩田にとっては逆効果だ。扇情的に動く京野を、もっと喘がせたくなってしまうのだ。

恩田は京野の首からパーカーとシャツを引き抜いた。呼吸が上がっていたせいか、わずかに汗ばんでいる。そんな些細な変化ですら恩田の気持ちを高める要素になり、さらに上半身裸の京野を見て、理性はどこかに吹き飛んでしまった。

ベルトも外し、ジーンズも脱がせる。恩田もシャツと下を脱ぎ、ソファの下に放り投げた。

京野を自分のものにしたい。

強烈な感情が湧き起こる。それと同時に体のほうも、下から突き上げるような高ぶりを感じている。目がギラギラとしたのかもしれない。京野は恩田を見て顔が引きつった。

どうにか緊張を解きほぐしたい。冗談のひとつでも言えたらいいのに。いやこんな場面で笑わせてどうするんだ。ここはやはり自分の思いを伝えるべきだ。京野を抱きたい、と。

「京野さん、俺の童貞もらってくださいね」

「……え？」

「え？」

きょとんとした目で見られて、今度は恩田が顔を引きつらせる番だ。なにかまずいことを言ってしまったのだろうか。

「いらない」

京野はぷいと横を向く。

「そんな……、俺もう止められないですよ」

恩田は京野の言葉を無視し、耳たぶに舌を這《は》わせた。耳の後ろに口づけると、京野の体に力が入ってがちがちになる。

裸の京野を目の前にして、恩田の興奮は最高潮だ。性器は痛いくらいに張りつめているし、初心者には目の刺激が強すぎて、ちょっとでも触れられたらすぐに爆発してしまいそうだ。けれど不思議と緊張していないのは、恩田の性分なのかもしれない。

未経験の恩田に比べれば、京野のほうが慣れているし、手順やタイミングなどもわかっているはずだ。それなのに、京野はなぜこんなにも緊張しているのだろう。

下手だということを気にしているようだから恩田は手の内を見せた。相手が童貞なら安心できると思ったのだ。しかしそれでも固まってしまうということは、不慣れだからこそ恐ろしいと思ったのか。

よくよく考えれば、京野だっておそらく、男とのセックスは初めてだろう。しかも、多分、恩田が抱きたがっていることを察している。体の中に異物を受け入れるということも初めてなのだろうし、状況を考えれば、どちらが初心者かわからないほど京野が緊張している理由もわかる。

決してうまいとは言えなくても、恩田がリラックスさせてやらなければならないのだ。

恩田は京野の髪の毛をすいた。さらさらとしていて細い髪は、引っかかることなく恩田の指をすり抜けていく。

「京野さん、受け入れてくれてありがとうございます」

「今それ言わなくてもいいだろう」

「今、言いたかったんです。好きです、京野さん」

京野を気持ちよくしたい。

恩田は京野の髪の毛や額、頬に唇に、短いキスを繰り返す。空いている手は、京野の細い腰をなでる。

「ん……」

腰骨に触られるとぞくっとするのか、京野の体が小さく跳ねる。京野が動くとソファの革がぎゅっと鳴った。ただの皮のこすれ合いですら、京野が生み出したものだと思うと途端に淫靡《いんび》な音に聞こえてくる。

もじもじしている下腹部のほうに視線をやると、まだ気が張っているのか反応していない。いつ爆発してもおかしくない恩田とは正反対だ。

二人ですることだから、京野にも気持ちよくなってほしい。

恩田は京野の性器に手を伸ばす。

「あっ……」

京野は戸惑いが混じったような切なげな声を漏らした。

気が散ってしまうかもしれないから、恩田は話しかけずにゆるゆると手を上下に動かす。

「ふっ……、んんっ」

漏れる吐息に甘さがにじみ始めた頃には、手の中の京野は質量を増していた。恩田に触られても嫌悪感がない、という証だ。

もうしゃべっても大丈夫かな。

「……京野さん」

気持ちいいのか、と尋ねる意味合いを込めて京野の名前を呼ぶ。けれど返事がないから、恩田はもう一度、今度は顔を寄せて耳元でささやく。

「京野さん」

恩田の意図が通じたのか、京野はこくこくと小さくうなずいた。

「あっ、あっ……」

ぬるりと手が滑って、恩田は視線を京野の下腹部に移す。完全に勃起した状態の性器を見て、わかってはいたけれど、京野は男だったのだ、と感慨深い気持ちになった。普段はこれっぽっちも性的な匂いを感じさせない京野が、恩田の腕の中で快楽を享受している。喘ぎながら身をくねらせる様を見て、恩田も腰に来た。

「んんっ、あっ、やっ」

もっと声を出させたい。もっと気持ちよくなってほしい。

あふれ出た京野の先走りによって滑らかに上下する手の動きを加速させると、京野は首を左右に振って抵抗を見せた。

もっと。もっと。

恩田は京野の耳をなめ上げると、くちゅりと湿った音がした。京野がぞくっと背中を震わせたのが伝わってくる。

「……いや、ですか？」

嫌なら言う、と京野に言われたが、あまりに逃げるような仕草をするから、恩田は思わず尋ねてしまった。せっかく盛り上がったムードをぶち壊すのはわかっていたが、強引に進めていいのか判断に迷ってしまったのだ。嫌がることはしたくない。

「……」

京野は無言のまま顔を背け、両腕で隠した。二つの乳首が無防備に恩田の目の前に晒《さら》される。

「……ひゃっ」

それぞれを両手の指の腹でこね回すと、京野は甲高い声を上げた。

視覚や聴覚、肌に触れるなめらかな肌の温もりに、煽り立てられ、恩田はもうたまらない。

「え……？　あ、恩田先生っ」

恩田は京野のひざの裏に手を添え、ひざ頭が胸に着くぐらいまで持ち上げる。

「やめろって……！」

他人の目の前に性器を無防備にさらす格好をさせられて、京野はのどから絞り出すような声を出した。

恩田だって京野にこんなことをされたら恥ずかしいし、されたくなんかない。でも、恩田はかわいいだけではなく京野の恥ずかしい姿も、恩田がまだ知らない顔ぜんぶが見たい。

露わになった京野の性器を先端から深く飲み込んだ。

「やっ、あぁっ」

唇をすぼめて行き来させているうちに、こぼれた唾液《だえき》が京野の下腹部を全体的に濡らし、ぐしょぐしょになっている。股の間からもこぼれ落ちて、ソファのシートまで汚していたが、恩田はそちらに気を回す余裕はなかった。

唇をすぼめ、口内で茎に舌を絡ませ、根元から先端にかけて手と一緒に搾《しぼ》り取るようにこすり上げる。すると京野の腰がぶるりと震えた。

その瞬間、恩田の口の中に熱い液体が広がった。

「はぁっ、はぁっ」

京野は肩で大きく呼吸を繰り返している。射精の衝動が収まるまで、恩田は何度も何度もしごき上げ、京野の全部を受け取る。

「ご、ごめん。出して」

京野は呼吸が整わないまま恩田の体の下から、ローテーブルの上にあったティッシュに手を伸ばす。

「大丈夫です」

ケロリと話し始めた恩田に、京野は愕然《がくぜん》とした顔になる
「え、な、なんで……。口……」

京野は「信じられない」という顔を向けてくる。

「京野さんのだから」

一つも取りこぼしたくなかった。

「……バカ」

京野は気まずそうに恩田から視線を外す。

今日二回目の、甘いバカ。

恩田は胸に温かなものが広がるのを感じた。何度だって言ってほしい。

京野を追い上げていたときに濡れた手を、さりげなく後ろに回してみる。

「……っ」

不意を突かれた京野は、息を詰めた。

「ここ、いいですか？　俺もう無理です」

恩田は京野の許可が出る前に、探り当てた窄《すぼ》まりの中心に指の先を埋め込んだ。

「ぁっ……！」

これ以上ないほど嫌がられる可能性もあったが、恩田は思い切って京野の体の中を指の腹でなでてみる。熱くて、ぎゅうぎゅう締めつけられて、まだ指一本挿入しただけなのに恩田は興奮で心拍数が跳ね上がった。

「京野さん、大丈夫ですか？」

お前のほうが大丈夫なのかよ。

そんな突っ込みが聞こえてきそうな表情で、京野が恩田を見返してくる。

恩田はまるで全速力で走った直後のように心臓が激しく脈打っている。浅く呼吸を繰り返すたびに、体が大きく揺れている。頭と心臓と性器とが、全部ばらばらになってしまったみたいだ。落ちつかないといけないと思うのに、勝手に胸が高まる。下腹部は早く京野に入りたくて、先走りがあとからあとから漏れ出てくる。

二本目の指を差し込んだとき、京野がまた、細い声で鳴いた。

たまらない。もうどうしようもないほど京野がほしい。

「すみません。俺もう……」

恩田は指を引き抜くと、京野の片方のひざを折り曲げ、いじられて少し熱を帯びている窄まりをさらけ出す。自身の根元をつかんで京野の後ろに押しつけると、驚いたのか、そこがひくひくした。その動きはまるで恩田を飲み込もうとするかのように見えた。

恩田は誘われるまま、じりじりと腰を押し進める。ローションを塗りたくったみたいにどろどろになっていたので、挿入は想像していたよりもスムーズだった。

「……ん」

京野が鼻を鳴らす。

体の内側をこする感触は悪くないのかもしれない。

「うわっ……」

恩田の性器が京野の体温に包みこまれる。狭い器官を押し開いていくから、ぎゅうぎゅう締めつけられて全身に鳥肌が立った。

「あ……、き、京野さん、気持ちいいです。……すっごくあったかいです」

声が上ずってしまう。目をつぶっていたら、泣いているように聞こえてしまうかもしれない。

——これが人肌なのか。京野さんの温もり。

初めての体験に、恩田は胸が高ぶる。初めてを京野と体験できて本当にうれしい。

「京野さん、大丈夫ですか？」

襲いかかってくる射精感と戦いながら、恩田は京野の様子をうかがう。

眉根を寄せ、歯を食いしばり、苦しそうな表情を見せられたら、自分の衝動だけで突き進むわけにはいかない。

ぎりぎりのところでまだ理性が残っていたらしく、恩田はゆっくりと腰を引いた。無理そうだったらここでやめておくつもりだった。

「んんっ、……んぁっ」

京野は鼻を鳴らした。

恩田の腕をつかんでいた手にも力が入る。

そうであってほしい、と願う恩田が自分に見せた幻想なのかもしれない。実際は苦悶《くもん》の表情を浮かべているのに、恩田が読み間違えた可能性もある。

けれど、腰が勝手に動いてしまう。ダメだ、と頭から指令を出しているのに、回線はぷっつり途切れてしまい、再び根元まで深く突き入れる。

「痛かったり、無理だと思ったらちゃんと言ってくださいね」

恩田は京野の両ひざ頭に手を添え、左右に大きく開いたまま、腰をゆるゆると動かし始める。

「や……、この格好、嫌だって……、あっ」

京野の声に色っぽさが増す。頬も上気して、全体的にピンク色になっている。

恩田と京野との間にある京野の性器は再び力を取り戻しつつあった。恩田がそっと握りしめると、ぴくんと震えた。

よかった。苦痛ではないんだ。

「あ、あ、さ、触るな……っ」

京野は嫌がった。しかし恩田だけではなくて一緒に気持ちよくなってほしいから、恩田は京野の昂《たかぶ》りをしごき上げる。

そちらに意識が向かうと、腰の動きが緩慢《かんまん》になってしまう。どうしてもうまくいかないが、恩田は京野に一番の快感を味わってほしくて、こする手の動きを速める。

「あ、あっ……！」

男だから、京野が好きだろうと思われる場所はわかる。恩田は裏筋に親指の腹で愛撫《あいぶ》しながら、茎全体をこする。ぎこちない動きではあるけれど、同時に京野の体の中からも刺激を与えると、京野の口から高い声がこぼれた。

「あっ、ん、……ん、あぁっ」

手の中の京野に芯が通ってくるのがわかる。それを恩田がしているのだ、と思ったら、妙なよろこびに変わる。

よかった。京野は恩田を受け入れながら、気持ちよさそうにしている。しかめつらのように見えた先ほどとは打って変わって、今ではうっとりとしているようにすら見えた。

恩田はふうっと長い吐息を漏らした。しかしほっとしたのもつかの間。

「あぁっ……！」

京野が小さく震えて、恩田の手に温かい体液がうっすらとこぼれ落ちる。同時に体に力が入ったらしくて、体内の恩田を搾り取るような強さで締めつけてくる。

京野の雄の香りがふわっと鼻に届いて、恩田は胸がざわついた。京野を押さえつけ、めちゃくちゃに突き上げたい。

「うわ……、きょ、京野さん、ストップ」

しかし興奮が最高潮に達してしまった恩田は、胸の内側の激しい衝動とは裏腹に、情けない声を上げた。

「ま、待っ……、あっ。……っ」

初心者には刺激が強すぎた。

恩田は引き抜くタイミングを逃し、京野の中で達してしまった。

「はぁっ、はぁっ」

体中から一気に汗が噴き出した。

激しい呼吸を繰り返しながら京野の体内に注ぐ。奥へ奥へと送り込もうとする腰の動きは雄の本能なのだろうか。

名残惜しくて京野から抜きたくなくて、力を失った性器を収めたまま、京野の上に倒れ込んだ。

「超早くてごめんなさい」

恩田は興奮しすぎて状況を飲み込めていなかったが、きっと一瞬の出来事だったに違いない。

「あまりにも気持ちがよすぎて、すぐイっちゃいました」

へへっと照れ笑いすると、京野は眉を下げた。

「本当はもっと京野さんの顔見たかったんだけど、京野さんの中に入ったら、感動したのと気持ちがいいのと刺激が強すぎるのとで頭が真っ白になっちゃいました」

京野も感じてくれただろう快楽の名残を目元に見つける。少し濡れているまつ毛に口づけをしてから、さっきまでかわいらしい声を上げていた唇に押し当てた。

「あ……、ん」

体内の角度が変わったのか、京野を刺激したらしい。ささやきのような小さな声を漏らした。

たったそれだけで、恩田の下腹部をダイレクトに刺激する。

「え？　お、恩田先生……？」

体の内側で途端に存在感を増した恩田に、京野は慌てた声を出す。

「俺、あと三回ぐらいは余裕でできそう……。すみません」

恩田は胸と胸とが合わさった状態のまま、腰を回してみる。

「あっ、あっ」

つい先ほどまでこすられていた体の中はまだ敏感で、恩田の動きに呼応するように収縮し始める。よろこんで迎え入れてくれているように感じて、恩田の欲求はさらに高まる。

「京野さん、大好きです」

恩田は京野の両足を肩に担ぎ直してから、再び京野に覆いかぶさる。

一度目よりは、少しだけ余裕ができた気がする。今度は京野の表情をじっくりうかがいながら、行為を楽しめそうだ。

恩田は今、全身が幸福感で満たされていた。自慰とセックスは同じようなものだと思っていたのだが、ぜんぜん違った。好きな人とするからこそ生まれるこの気持ちを、京野にも持ってもらえたらうれしい。

舌を絡ませ合い、口内を愛撫して、恩田はしつこいと思われるだろう長い口づけをした。今この胸に抱いている恩田の幸せの半分を、京野にも分け与えるために。そして京野が感じた思いの半分は恩田が受け取る。

楽しいことも辛いことも、京野と分かち合って生きていけたらいいという願いを込めて。

「京野さん、すっごくよかったです」

ソファで始まったセックスは、リビングで立て続けに行われ、二人して床に転がったまま天井を見つめている。

腰つきはまだぎこちないけれど、京野の様子を見るに、楽しんでもらえたと思う。経験値を上げていけばどうにかなるだろう。できればもう何回か京野を抱きたいが、さすがにもうへとへとだし、賢を迎えに行く時間も差し迫っている。

けれど立ち上がる前に、恩田はもう少しだけ京野といちゃいちゃしたかった。

しかし京野はすり寄る恩田から距離を取る。京野が体を引いただけ恩田が間を詰めるとソファにぶつかり、京野は逃げ場を失って観念したように恩田のほうを向くよう体勢を変えた。

恩田はキスをしたくて京野に顔を寄せるが、手のひらで押し返されてしまう。

「なんでそんな素っ気ないんですか？　……あっ！　俺、やっぱり下手で、満足させられなかったですよね」

いきなりテクニックを求められるのは、初心者には少々キツい。

「でもきっと回数を重ねていくうちになんとかなると思いますので。俺、きっと上達しますから」

「いや、そうじゃなくて」

今すぐにでも襲いかかってきそうな危機感を覚えたのか、京野は上半身を起こした。そのとき京野の顔が歪んで、体に負担をかけてしまっていたのが伝わってきた。がっつきすぎてしまって申し訳ない気持ちだが、京野を抱きたいという衝動は止められない。

「セックスしたことを、ちょっと後悔してる」

「なんでっ！」

初体験の余韻《よいん》に浸《ひた》りたいのに、キスを拒まれるわ後悔していると言われるわで、恩田は身も心もズタボロだ。

「恩田先生が悪いとか嫌いとか、そういうんじゃないんだ。あと四ヶ月ぐらいは、恩田先生は賢の担任じゃないか。ひょっとしたら来年持ち上がりになるかもしれないんだし」

「恋仲になったとしたって、俺は賢くんだけひいきしたり京野さんだけなにか優遇したりなんかしませんよ」

「恩田先生がそんなことをする人とは思ってないって。でも、やっぱり僕の気分の問題かな。担任の先生とこんなことしていいわけないって思ったんだ。賢はせっかく今の園に馴染めて友達もできたし、駅に近くて便利だし、転園は考えられないし」

「え……、じゃあ」

「うん。恩田先生が賢の担任でいるうちは、一線を引いておきたいんだ。いや、来年担任から外れても、やっぱり園で顔を合わせる機会はたびたびあるだろう。なんかぎくしゃくしてしまうよ。今日のこのことを思い出してしまったりしたら、冷静でいられる自信がないんだ」

「そんな……！」

恩田は頭を抱えた。せっかく結ばれたというのに、これからなのに。

熱が冷める前に頭から氷水をぶっかけられた気分だ。

「異動希望提出期間はとっくに終わっちゃってるんです。俺は多分、来年の異動はありませんよ。本気で言っているんですか？」

「……ごめん」

申し訳なさそうにまぶたを伏せた仕草を見て、恩田は京野が冗談で言っているわけではないことを察知する。

「……わかりました」

恩田はのどから絞りだすような声を出す。

本当はわかっていない。わかりたくもない。床に寝転がったまま両手足をばたばたさせて嫌だと駄々《だだ》こねたいぐらいだ。

でも恩田も社会人だから、京野の気持ちも理解できなくはないのだ。

「気持ちは俺から離れないでください。俺も、浮気なんてぜったいにしませんから」

「うん」

距離を置くといっても、前向きな判断だ。この先、恩田と京野が末長く続いていくための選択なのだ。

とはいえ恩田も男なので、耐えられなくなってしまうかもしれない。しかし二人ですることなのだから無理強いしてはならない。

頭では理解していても、一度京野の体を味わってしまった体はなかなか現状を受け入れ難い。油断したらすぐにでも暴走してしまいそうな下半身を、どう発散させればいいのか。

あと一年四ヶ月。

長い長い、修行期間の始まりだ。

恩田ははっきり言って、我慢できる自信がない。


五時半に、恩田と京野は重たい体を引きずるようにして、賢のお迎えに行った。しかし休みのはずの恩田が顔を出すのはまずいので、駅前のカフェで時間をつぶすことにした。

「こんなことになるなら、無理してでももう一回抱いておきたかったよ……」

恩田はテーブルにひじをつき、頭を抱えた。

急に言われて、あの場では物わかりのいい男を演じてしまったが、恩田は早くももうすでにあのときの自分を後悔していた。一年以上も京野に触れられないなんて、これ以上の地獄があるだろうか。

しょんぼりしている恩田の携帯電話が震える。商店街のスーパーで買い物をしている、というメールが京野から来たので、恩田は気を取り直して店に向かった。賢に会うのに、暗い顔などしていられない。

乳製品コーナーでヨーグルトの選別をしている京野親子の後ろから、恩田は声をかけた。

「賢くん」

「おんだせんせいっ！」

「こんばんは、京野さん」

白々しいとは思いつつ、恩田と京野はあいさつした。

京野の動きが途端にぎこちなくなる。子供の前でしっかりしなくては、と思っているのだろうけれど、京野は明らかに先ほどの行為を思い出しているのだろう。

そんな様子もかわいらしい。どうしよう。今恩田の目に映るものすべてがピンク色に見えてしまう。

買い物を終えて、三人で京野のマンションに向かった。それまで他愛もない話をしていたのだがマンションの敷地に差しかかったとき、賢はふと、おかしなことに気がついたようだ。

「おとうさん、きょうおやすみだったのに、なんでおんだせんせいといっしょにいるの？」

「さっきスーパーで会ったから、だな。別にかまわないだろう」

恋人になった弊害《へいがい》がさっそく現れる。別に一緒に歩いていたぐらい、なんの問題もないのに。その上京野は、より怪しい言動をしてしまう。

「まあ、ほかの先生には言うなよ。お友達にもだ」

「なんで？　わるいことなの？」

「悪くはない。まったく悪くない。でも、だめだ。これは大人の秘密なんだ」

「へんなの。でもわかったよ。ぼく、いわないよ」

素直な子でよかったな、と思える場面だ。悪知恵が働く子だったら、明日には保育園のほぼ全員に知れ渡っているだろう。

「いわないから、こんどおんだせんせいとつりにいこうよ。つりぼりじゃなくて、うみとかかわがいいの。おんだせんせいのいなかは、おおきなおさかながいっぱいいるんだって」

「黙ってる代わりに条件を出してくるなんて……。お前、そんな子だったか？　いつの間にそんな知恵が身に着いたんだ？」

京野はショックを受けたような顔をして賢を見下ろしている。

「まほうつかいが、おひめさまにこえとひきかえにあしをあげるんだよ。だからぼくも、おとなのひみつをいわないかわりに、つりにいくの」

「ようし、じゃあ先生は海の近くにホテルを取っちゃおうっと。うちの実家に泊まってもいいし。暖かくなったらみんなで行こうね」

「うん！」

「子供の戯言《ざれごと》に、なに便乗しているんだ？」

「我慢させられてるから、代わりにお泊まりするの」

恩田は賢の口真似をした。

賢は恩田の物真似に笑い、京野もあきれた表情をしつつその表情は柔らかい。

こんな些細な瞬間が、じつはとてつもなく大きな幸せを恩田にもたらしている。

二人の笑顔がこの先もずっと絶えないように。

いつまでも恩田に向けていてくれますように。

おとなの時間

「京野《きょうの》さん、お時間大丈夫ですか？　お子さんのお迎えがあるんですよね」

パソコンに向かって作業に没頭していた京野は、部下に声をかけられはっとする。

もうすぐ午後七時になろうかとしているところだ。

「あぁ、ありがとう。助かったよ」

京野はパソコンを落とし、後片づけを始める。

部内には京野と数人の女性が残っていた。

「昼間のトラブルはもう片づいたし、緊急の仕事もない。早く帰れるときに帰って体を休めるなりリフレッシュするなりしたほうがいい。もし間に合わない仕事があれば、やっておくからメールで送ってくれ」

花形部署にいた京野が、今では事務仕事だ。事務をバカにしているわけではない。仕事には向き不向きがあって、デスクに向かってただひたすら打ち込み続けるだけの作業は、京野には向いていないだけだ。

しかしこのご時世、リストラされなかっただけでもありがたいと思うべきだろう。賢《けん》の養育環境を考えて、比較的残業が少ない部署に異動させてくれたのだ。

京野は役職が付いているし、仕事量もそれなりでまず定時に上がれたことはない。けれど保育園のお迎えには間に合うし、仕事が残っていたとしても残業を強《し》いない。子供を一人で育てている人間にとってはありがたい部署で、ここにはそういう女性が多くいる。

「あの……」

若い社員が話しかけてくる。

「昼間、ミスしてしまって申し訳ありませんでした。あれからバタバタしてて、きちんと謝れていなかったので」

「ああ、もう大丈夫だ。ただ、二度三度と繰り返すようだと、僕もかばいきれなくなってしまうから、気をつけて」

「本当にすみません。ありがとうございます。これ、お子さんにどうぞ」

彼女は小さなお菓子の包みを差し出す。すると京野たちのやり取りを見ていたほかの社員たちも、賢のためにと細々《こまごま》としたキャンディーやらチョコレートやらをくれた。

出世コースから外れた男、という目で見られていたのか。または京野の雰囲気がそうさせていたのか。異動した当初は腫《は》れものに触るような扱いを受けていたのだが、最近では部下が仕事以外の雑談をしてきたり、今みたいに、賢に、とお菓子をくれたりもするようになった。

「京野さん、丸くなったわよね」

部内最年長、京野の倍近い年齢の社員が、京野の顔色をうかがいもせずに言った。

彼女はだれに対しても明け透《す》けで、さっぱりしていて話しやすい。彼女にいじられ倒したせいで、早く溶け込めた気もする。

「棘《とげ》がなくなったわよね。前はウニみたいだったのに」

（ウニって……。ほかにもっとなんかあるだろう）

「その例え方、やめてくださいよ」

京野は苦笑いした。

「ねえ？　恋人でもできたんじゃないの？」

「え？　京野さん、彼女できたんですか？」

女性は噂《うわさ》話が好きだ。尾ひれ背びれに胸びれまでついてどんどん話が大きくなっていってしまう、しっかり否定しておかなければならない。

「できていませんよ。毎日自宅と保育園と会社の往復で手いっぱいです。それに、僕は結婚に向いてないってわかったので。もう結婚はこりごりですよ」

「あらやだ、若いのに。女がこりごりなら、男に走っちゃえばいいわよ」

「や、やめてくださいよ」

京野は滅多《めった》なことでは動じないし、顔色も変わらない。けれど、恩田《おんだ》に関してだけは無理だった。

この手の話をされて突っ込まれたらボロを出しかねないので、さっさと逃げるに限る。

「すみません、閉園の時間ぎりぎりなので」

京野は腕時計を見るふりをして、そそくさと職場をあとにした。

今までいた部署と比べると、和気あいあいとしている。最初はさすがにいらいらしたが、賢とのことがうまく軌道に乗り、恩田という支えができて心が安定してきたら気にならなくなった。

今までは自分のために仕事をしてきた。これからは、賢と生きていくために仕事をする。なにが起きても賢が最優先だ。

そう思えるようになったのも、やっぱり恩田のおかげなのだ。


「おんだせんせい、さようなら」

「賢くんさようなら。寒いから風邪ひかないようにね。京野さんも、さようなら」

少しだけ時間を過ぎてしまったので、事前に園には連絡を入れておいた。

時間を守る、ということは京野にとってとても大切なことなので、できれば遅刻したくなかったのだが。

「さようなら。また月曜日、よろしくお願いします。今日は遅れてしまって本当に申し訳ありませんでした」

手を振って門を出ていこうとする京野たちを、恩田は名残惜しげな顔で見ている。その姿はまるで捨てられた犬のように寂《さみ》しげだ。ちくり、と胸に小さな痛みを感じてしまう。

京野はそれを振り切って保育園を出た。

「賢、早く帰ろう。毎日遅くてごめんな」

毎日、延長保育時間ぎりぎりまで賢を預けている。京野の帰宅時間は、どんなにがんばって調整してもこれが限界なのだ。

「ほいくえんたのしいから、いいの」

寂しい思いをさせていないか。賢は本当に保育園を楽しんでいるのか。

京野の頭の中は賢でいっぱいだ。

しかし離婚する前までは、京野はこんな人間ではなかった。仕事にばかり意識が向いていて賢のことは賢の母親に任せきりだった。

悪い父親だったと思う。しかし悪いとすら思ったこともなかった頃を考えれば、なにをするにしてもまず賢のことを考えるようになったのだ。少しは成長できているのだと思いたい。

京野と賢だけの生活が始まり、京野は自分なりに賢を育てていこうと思っていた。しかし衣食住はしっかりできていても、それ以外の部分がまるでなっていなかった京野に、恩田は親身になってくれた。

最初は、なんて親切な保育園なのだろう、と思った。しかしそれが園の方針だと恩田に言われたことや、実際に園のホームページには親のサポートもするというようなことが書かれていたこともあって、納得した。

けれど、つまり恩田の優しさは仕事の延長であり、京野が特別というわけではないことに気づいた。これでもかというほど親身になってくれる恩田に、京野はいつしか心を寄せ始めていたが、京野もまた、自分のこの思いは保護者が担任を頼る気持ちにすぎないと思っていた。

だって、相手は男なのだ。それに京野は、他人を特別に思う気持ちに欠けている。自覚はなかったけれど、離婚時にそう言われた。あなたはだれも愛せない人なのよ、と。

しかし恩田に好きだと言われたとき、京野は驚きが先に来てしまって頭が真っ白になった。しかし時間の経過とともに落ちついてくると、京野の心には温かな気持ちが残った。

一流企業と呼ばれる企業の、その中でもエリート集団と言われている部署にいたため、京野は女性からアプローチされることが多かった。しかしそれはあくまでも、京野を包んでいる外側の、包装紙のようなものだ。中身がガラクタだとも知らずつかまされてしまった妻は、結婚を後悔しただろう。京野だって自分がなにもできない、他人から冷たいと非難されるような人間だなんて思ってもみなかったのだ。

ダメな部分ばかり見ているにもかかわらず、恩田はこんな京野を好きだと言ってくれた。助けてあげたい、支えたい、そんな庇護欲《ひごよく》からくる感情らしい。

上から目線とも受け取れる言葉だし、昔の京野だったら目の前でバッサリ切り捨てただろう。でも、恩田に好きだと言われたときの京野は、その言葉がじわじわと胸に沁《し》み込んできたのだ。

ただ寄りかかっているだけなのではないか。

賢のことで困っているときに手を差し出されたから勘違いしているのでは？

京野は自分なりに、恩田との関係について考えてみたこともある。たとえば賢が卒園したらどうなるのか。十年後の自分たちと賢とがどうなっているのか。

こんなこと、だれとだって想像したことなどなかったのだ。恩田との未来を頭に思い浮かべようとするその行動こそが、京野の気持ちなのだ。

京野は自分の心に正直になり、保護者と担任という枠を越えてしまった。

それがよかったのか悪かったのか。

悪くはない。だれだって心は自由だし、人を好きになることを止められやしない。

京野はちゃんと恩田に心を寄せている。しかしお互いの立場や状況を考えると、京野は手放しで受け入れづらいのだ。そのため恩田にはなかなか自分の気持ちを伝えられないし、相当な我慢を強いてしまってもいる。それでも出会いから数ヶ月、二人の関係はうまくいっていると思う。

身近に保育士がいると、プレッシャーがかかる。こうしたほうがいいのではないか、と言われるたびに、育て方が間違っていると思われる気がするのだ。

けれどそれも考え方ひとつで変わる。

京野がきちんと父親になれるよう見守ってくれている、と思うようにしている。アドバイスは素直に受け入れる。困ったことがあれば相談する。

京野は甘えていいのだ。

「賢、今日はどうだった？」

京野のほうから賢に、一日の様子を聞くようにしている。

こちらから話題を提供すれば、賢が自転車の後部シートから一日の出来事を無邪気に話してくれる。家に着いたら食事から就寝まで流れ作業で慌《あわ》ただしいので、保育園から自宅までの往復の時間に、となくにたくさん話をするよう心がけている。

「あのね、きょうね、でんしゃこうえんにいったんだよ。あいりちゃんとももちゃんが、ぶらんこのところでけんかしてたの」

知らない名前が出ても、以前の京野ならば聞き流してしまっていただろう。しかし会話にはキャッチボールが必要だ、と教えてくれたのは恩田だ。

「あいりちゃんも、ももちゃんも、初めて聞く名前だな。クラスの子か？」

「さくらぐみのおねえちゃんだよ。あいりちゃんはしょうくんのおねえちゃん」

しょうくんは、賢の口からしばしば名前が上がる子だ。同じクラスで、最近仲がいいらしい。

「あいりちゃんとしょうくんみたいな一歳違いの姉弟のことを、年子《としご》っていうんだ」

「としご？」

「そう。年子。今は使わない言葉だろうけど、覚えておきなさい」

「うん」

親や先生など、大人と話をするときには「はい」と返事をしろと教えてきた。京野も幼少期から父にそのように教育されてきたからだ。

しかし京野はもう、それを言うのはやめた。

京野には母親がおらず、家族といえば父だった。

父は厳しく、物心ついたときから敬語で話しかけていた。どの家庭でもそうしつけられているものだと思っていた。

しかし、どうやら一般的ではなかったらしい。賢の母親と結婚して初めて、それがわかった。

こんな家庭で育った夫で、賢の母親は息苦しかったのだろう。

今年の三月、年度が変わる頃に離婚し、彼女はマンションを出ていった。

保育園が見つかるまでの半年間はもともと通っていた幼稚園に通わせ、送り迎えと京野が帰ってくるまでの面倒は賢の母親に頼んでいたが、賢の保育園が決まってからは没《ぼっ》交渉だ。

完全に二人きりでの生活になってから約三ヶ月。

父子家庭ということで賢がつらい思いをしないように、京野は一生懸命やってきたつもりだった。

しかしその思いは完全に空回りしており、最初の頃は賢を苦しめていたのかもしれない。

そのことに気づけたのは、恩田のおかげだ。

子供なんて物事ができなくて当たり前。京野がかつてできたことでも、別人である賢には通用しない。

そんな当たり前で簡単なことすらわからなかった京野に、恩田が教えてくれた。

「おんだせんせいは、こないの？」

「来ないよ」

「どうして？　まえはあそびにきたのに」

過去に恩田が京野の家に来たことがあるから、賢は期待する気持ちがあるようだ。

賢は恩田に懐《なつ》いているし、客が訪ねてくる家ではないので、遊びに来てくれたことがうれしかったのだろう。また来てほしいと思う気持ちも理解できる。しかし京野と恩田は保護者と担任という関係を越えてしまったから、互いの家を行き来するのは後ろめたい。

保護者と担任という間柄で寝てしまったことを、京野は少しだけ後悔している。せめて賢の卒園を待てばよかった。

また、セックスという行為そのものへの抵抗感もある。男なのに男に抱かれるなんて、しかもそれを嫌だと思わなかった自分に困惑しているのだ。

初めて体を重ねたとき、恩田は何度も京野を抱いた。

淡泊だったはずの京野が、男に貫かれて幾度となく射精して、もう出るものもないのに女のような喘《あえ》ぎ声を上げた。

断ることだってできたのだ。恩田は無理強いをする男ではないし、京野が本気で嫌がればやめてくれたはずだ。しかし、京野はそれをしなかった。

セックスが好きではないなんて、どの口が言うのか。

たしかに、苦手ではあったのだ。下手だと言われてしたくなってしまったし、早い自覚もある。

しかし、恩田の大きな体にすっぽりと包まれ、自分は動かず恩田に身を任せていたあの瞬間の京野は、かつてセックスで感じたことのない大きな充足感に満ちていたのだ。

京野は男に抱かれてよろこぶ人間だったのか？

疑いようのない結果が出ているのに、京野はそんな自分をなかなか認められなかった。

恩田の仕事の範疇《はんちゅう》を越えて親しくするのはまずい、というのが一番の理由だが、性行為を避《さ》けたい気持ちも少しはあって、恩田には卒業まで待ってほしいと伝えた。京野には、自分の心を認める時間が必要だ。

この話を切り出すとき、不安だった。賢の母親と言い争いが続き、どんどん険悪になっていった過去が頭にちらつきもした。

若くて健康な男が、相手がいるのになにもできないという状況に耐えられるのか。恩田は性欲が強いようだし、待たされている間に心が離れていってしまうのではないか。

与えられないのに待ってほしいなんて、京野は身勝手だ。

しかしそんな不安をよそに、恩田は納得し、京野の気持ちを受け入れてくれた。いや、納得はしていないか。恩田を尊重してくれたのだ。

――恩田を失いたくない。

このとき京野は、これまでよりももっと強くそう思った。

「恩田先生は賢だけの先生じゃないからな。ほかにもいっぱいいるし、困っている子がいたらそっちを先に助けなくちゃいけないだろ」

「おんだせんせいは、せいぎのみかただね」

「そうだな。賢の担任になってくれてよかったよ」

恩田はひだまりのように温かい。一緒にいるときは、干したての毛布で包まれているように居心地がいい。恩田のおかげで賢への接し方もわかるようになってきた。

正義の味方とは少し違うけれど、恩田は京野にとって救いなのだ。

「おんだせんせいだ！」

新宿《しんじゅく》駅の雑踏《ざっとう》の中で恩田の姿を見つけた賢は、一目散に走り出した。

「賢くんっ！　こんにちは」

恩田は駆け寄ってきた賢を抱き上げ、目尻を下げる。

「京野さん、こんにちは。偶然ですね。お出かけですか？」

「ちょっと早いけど、賢のクリスマスプレゼントを買いにきたんです」

「もうそういう時期ですよね。僕も子供たちのお昼寝の時間中に、クリスマスの飾り付けを作ってますよ」

「そうなんですか。先生方は大変なんでしょうけど、子供たちは楽しみにしていますよ。賢も、な？」

「うん。さんたさんがくるんだって！」

白々しい……。

賢はまだ子供だから気づいていないけれど、恩田も京野も台詞《せりふ》のような話し方だ。

そうなのだ。出会ったのは偶然なんかじゃない。

話は昨晩まで遡《さかのぼ》る。

保育園で別れてから、京野は賢と夕食を食べて風呂に入り、賢を寝かしつけてから洗濯物を干して、と普段どおりの生活を送っていた。明日は土曜日でゆっくりできるため、リビングのソファに座って本を読んでいると、日付が変わる直前に恩田から電話がかかってきた。

『京野さん、明日、予定はありますか？』

「いや、……ないよ」

恩田が次になにを言うかぴんときたので、返事が遅れてしまった。

『だったら明日デートしましょう』

しかし恩田は京野の躊躇《ちゅうちょ》に気づいていないらしく、ストレートに誘ってくる。

「デ、デート？」

恋人同士が会うのだから、間違いなくデートではあるのだが、そんな甘い言葉を気軽に口にできてしまう恩田にはまだ慣れない。

『もうずっと保育園以外の場所で会ってないじゃないですか』

「だって、子供は悪気なくいろいろなことを話してしまうじゃないか。ふんわりしてていつも笑って優しそうな加奈《かな》先生が怒っているときの口真似を、賢が家でするんだぞ？」

『あー……、加奈先生ね』

電話の向こうから、恩田の苦笑いが聞こえてくる。

『彼女に限らず、保護者向けの顔と園児向けの顔ってありますよ』

「そうか？　賢から恩田先生が怒っている話を聞いたことがないけどな。いつもにこにこしてるって」

『いや、まあ、俺は怒ったことないから』

「恩田先生が怒鳴り散らす姿が想像できないよ」

『怒鳴ったことないです。俺、日常生活でも怒ったことないんで』

「本当に？　生きていて腹が立つことってあるだろう？」

『ないんですよね、それが。もちろん嫌だなって思うことはあるけど、怒りってほどではありません。姉たちに抑《おさ》えつけられてたからかも。反抗期もなかったみたいだし』

一緒にいると全身を包み込まれるような気持ちになるのは、恩田のこういう部分が影響しているのかもしれない。穏やかな波にゆらゆらと揺られながら海に浮かんでいるような、ゆったりとした気持ちにさせられる。

「恩田先生のそういうところ、見習わないとな」

「僕は京野さんのしっかりしたところが好きですよ。俺には真似できないことだし、すごいなって思うし。足りないところ補い合っていきましょう。それで、明日のデートの話に戻しますけど』

「ああ、ごめん。外で会うのはちょっと。前に賢に口止めしたことがあるけど、言っちゃだめって親が言うってことは、恩田先生と会うことは悪いことなんだ、って賢が認識してしまう可能性がある。それに僕たちが会っているところをだれかに見られて、もしも保護者に聞かれたとするだろ。そうしたら、口止めされている賢は会っていないと答える。嘘《うそ》をついてはいけない、と教えているのに、賢は僕によって嘘をつかされてしまうことになるんだ」

京野の言葉はもっともだ、と思ったのか、恩田は黙り込んでしまう。

賢の母親に言われたことがある。あなたは冷たい。思いやりがない。正論ばかり並べ立てて息が詰《つ》まる、と。

意識したことなどなかったのだが、つまり、こういう部分なのだろう。京野は理路整然と説明することで相手の退路を塞《ふさ》いでいき、恩田に反論の余地を与えない。

でも、譲れる部分とそうではないこととがあるのだ。京野と恩田がうまくやっていくために、これからのことを考えればこそ、という京野の思いもわかってほしい。京野だって、本音を言ってしまえば会いたいのだ。

『ただ会うだけでもダメですか？　京野さんだけじゃなくて、休日に保護者とばったり会うことだってあるし、公園で友達とバーベキューやってたときに、保護者たちも同じエリアでやってて合流して酒飲んだりしたこととかもありますよ。もちろん園以外では関わりたくないっていう保護者もいて、京野さんはそういう人なんだろうけど』

過剰防衛の自覚はある。でも、人に見られてあらぬ噂を立てられるのが怖い。身に覚えがなければ堂々としていられるし、雑音が気になる男ではないけれど、すねに傷を持っているからこそ京野は臆病《おくびょう》になるのだ。

だって、せっかく手に入れた小さな幸せだから。京野にとって恩田は、大切な存在だから。

京野はずっと息苦しかったのだ。

幼い頃から親子の関係は希薄だったし、今も昔も、京野は父親が好きではない。

両親が離婚したとき、父は京野を跡取りとして手元に残した。しかし京野は息の詰まる思いから解放されたくて、大学進学と同時に家を捨てた。

跡を継ぐことを拒否した京野には興味が失せたようで、向こうから連絡が来たことはない。京野も、結婚をしたことも賢が生まれた報告もしていないし、家を出てから一度も実家に足を踏み入れていない。

温かい家庭に憧《あこが》れ、自分こそはきちんとした家庭を作れるはずだと信じて、京野は二十五歳で結婚した。ちょうど会社にも慣れてきて、大きな仕事を任されるようにもなってやりがいを感じ始めた頃でもあった。

そのため、京野の中で比重が仕事に傾いてしまった。家族を養うためには仕方がないのだ、と当時の京野は本気で思っていたのだ。

その結果、結婚生活は数年で破たんしてしまった。

賢との生活が始まり、仕事は第一線から外され、会社には不要な人間なのだと言われた気持ちになった。異動を言い渡されたとき、京野は心の中が空っぽになった。

なにもかもがうまくいかなくて、いらいらして、賢にはつい強く言ってしまう。怒ったあとに賢の無垢《むく》な寝顔を見ては落ち込んで、ダメな人間だという現実を突きつけられ、京野はどんどん自分が嫌いになっていった。

京野は結婚してはいけない人間だった。人として欠けているものが多過ぎて、父親になる資格などない。仕事人間に徹して生きていけばよかったのだ。

厳しい父親に育てられた子供の結末は自分が一番よくわかっている。父のようにだけはなりたくなかったはずなのに。こんなのが父親で賢がかわいそうだ、と京野は何度も自分を責めた。

そんな行き詰まった京野を見抜いた恩田が、手を差し伸べてくれた。賢には京野が必要で、京野にとっても賢が必要なのだ、ということを、根気強く教えてくれた。

先ほど、電話口での恩田が言っていたように、京野に足りない部分を恩田が埋めてくれる。今や京野にとって恩田は大切な存在だ。だからこそ失いたくない。

「だったら、会うぐらいなら平気なのかな」

譲れない部分はいくつもある。けれど相手の意見に耳を傾けてみることも必要だ。そう思えるようになったのも恩田のおかげなのだ。

『大丈夫ですよ！　じゃあどこかで偶然を装ってバッタリ出会いましょう！』

恩田の声が明るくなり、うきうきしているのが伝わってくる。見えないけれど、今の恩田の表情までもが容易に想像できる。恩田にはずっと笑っていてほしいし、その笑顔を京野に向けてほしい。京野のものだけにしたい。

だれに対しても感じたことのない不思議な感情が、京野の心に芽生えている。

恩田の突き抜けた明るさは、周りにいる人たちに広がっていく。

まるで太陽のような男だ。

「明日、賢とクリスマスプレゼントを買いに、新宿に行くんですよ。サンタクロースにお願いするのも、ついでに見ようかと思って」

『じゃあ俺も新宿行っちゃおうっと。何時ぐらいの予定ですか？』

「お昼前ぐらいには、って思ってる」

はしゃぐ恩田の声を聞いていると、京野まで胸が高鳴ってくる。

『京野さん、好きです』

恩田は京野への愛情を全面に押し出してくる。慕われてうれしいし、同時にむずむずする。

もしもここで京野が「好きだ」と返してあげたら、恩田はよろこぶだろう。でもそんな言葉を言ったことがないから、恥ずかしくて言えない。

「じゃあ、明日。おやすみ」

『あ、ああ、おやすみなさい』

京野がはぐらかすと、恩田の声のトーンががくりと落ちる。

「明日、会えるの楽しみにしてるよ」

『お、俺もですよ！』

京野がフォローを入れると、恩田の声が元気になる。わかりやすい態度につい口元が緩《ゆる》んでしまう。

恩田と出会ってから、京野は笑う回数が増えた気がする。


「いやぁ、ホント偶然だねぇ。びっくりしちゃったよ、先生」

「ぐうぜんすごいね」

「賢くんたちに偶然会えて、ホントうれしいな」

恩田が偶然を連発するから、賢まで真似して「偶然」と言い始めた。かえって不自然になってしまうのではないか、と京野ははらはらする。

土曜日ということもあり、新宿にある大型家電販売店は買い物客で溢《あふ》れかえっている。

京野が意識しているから視界に入ってきやすいのかもしれないが、父親と母親と子供、または母親と子供が多く、父親と子供の組み合わせは少ない。

思えば賢は、物心ついたときから家庭不和の中にいた。京野は仕事が忙しく家には不在がちだったし、夫婦がそろっても会話がない。

そんな中で、賢はなにを思っていたのだろう。幼いながらに、傷ついたり、なにか感じたりはしていたはずだ。もしも悲しい思いだったとしたら、これからの生活の中でそれらの記憶を上書きしていってやりたい。

賢の母親が出ていくとき、「事情があって」という説明はした。言葉の意味はわかっていないのだろうけれど、なにかを察知したのだろう。それ以降、賢が母親について聞いてきたことはない。

本当はどう思っているのか。母親と何ヶ月も会っていないが寂しくないのか。

聞きたいけれど聞くのが怖い。母親のところに行きたいと言われても、帰してやることができない。なによりも、今の京野にとって賢は掛け替えのない存在なのだ。賢がいるから、京野は毎日がんばれる。

サンタクロースにお願いするものを決め、それはのちほど買うことにして、今日はひとまず京野から賢に、父からのプレゼントを買ってやる。

目の前に、おもちゃの宝の山がある。どれもこれもほしくて決めかねている賢を、京野は急《せ》かさずにじっと待ってやる。

京野の子供の頃のプレゼントといえば図鑑や文学全集で、こちらに選択肢《せんたくし》はなかった。ケーキとチキンを囲んで家族みんなで食べる、なんて風景はＣＭの中だけの話だと思っていた。

悲劇はクリスマスの日だけで終わらない。冬休み明けにあれをもらったこれをもらった、と報告会が待っているのだ。胸を弾ませる友人たちの輪の中で、文学全集をもらったと言ったときのあのなんとも言えない微妙な空気を、賢には味わわせたくない。

ようやく決めたブロックのおもちゃを包装してもらおうとしたら待ち時間がかなりあったため、京野たちは飲食店に入った。

ほしいおもちゃが手に入り、ほくほくしていたはずの賢が、藪《やぶ》から棒に言った。

「おかあさんは、いつかえってくるの？」

「お、お母さん……？」

唐突に話を振られて、コーヒーを飲んでいた京野は噴《ふ》き出してしまう。

やはり母子連れが多かったから、疑問に思ったのだろう。今までずっと一緒にいたのに、ぱったり会わなくなれば、事前に説明を受けていたとしても疑問を抱かないわけがない。

いつかは正直に話さなければならないことだ。京野はその日を、とくに根拠はないけれど、賢がもう少し大きくなって物事がわかる頃だろうと考えていた。

しかしこんなにも早く腹をくくるときが来ようとは。

真実を知ったら賢がショックを受けてしまうかもしれないから、そうならないようごまかすことはできる。しかし大人になったとき、嘘をつかれていたとわかったら、賢はきっとそのことでも傷ついてしまうだろう。

賢にとって、どちらがいいのか。

常識的な判断をすれば、ごまかすべきなのだろう。けれど京野は、嘘をつきたくない。今の段階で賢が夫婦のすれ違いを理解できなくても、大人になればわかることだってある。そのときにあらためて聞かれることがあれば、今度はしっかりと、大人の言葉で賢と向き合うつもりでいる。

決心した京野は、恩田にちらりと目配せする。すると恩田はぎょっとした顔をした。なんでこっちを見るんだ、という表情だろうか。

恩田には過去に話をしているから、今さら聞かれて困ることはない。いや、恩田にはこの場にいて、京野の言葉を聞いてほしい。この先も、ずっと一緒にいる人なのだから。

京野は子供の頭でも飲み込めるよう、簡単な言葉で説明する。

「賢、お母さんはね、もう帰ってこないんだ」

「どうして？　かえってこないの？　どこにいっちゃったの？」

帰ってこないと聞かされたら、やはり衝撃だろう。賢は目を真ん丸にして京野を見る。

傷つけるとわかって説明するのはつらい。離婚というのは夫婦だけではなく子供にも負担がかかるのだ。親の身勝手で振り回し、本当に申し訳ない。その代わりに、これからの人生、京野は父親と母親、二人分の愛情を賢に注いでいく。

「もしかしたら賢は知っているかもしれないけど、お父さんとお母さんはずっとケンカをしていたんだ」

「けんかしても、ごめんなさいすればだいじょうぶだよ」

「そうだね。でもね、お父さんとお母さんは、謝っても仲直りするのが難しいぐらいひどい状態になってしまったんだ。賢の前でケンカをしている姿を見せたくなかったし、別々に暮らしたほうがいいだろうって、二人で話し合って決めた。賢が寂しい思いをするのはわかっていたんだけど、どうしても無理だった。ごめんな」

できるだけ簡単に説明したつもりだったのだが、賢の反応は薄かった。理解したのかそうではないのか、いまいちよくわからない。

京野の「ごめんな」に対して賢は一言、「うん」と言っただけで、食事を再開した。

事実を聞いて納得したのだろうか。

賢の心を傷つけてしまったのかもしれない、と不安が募《つの》っていった。

「大丈夫ですよ、京野さん」

「恩田先生……」

「お母さんのことは衝撃だったかもしれないけど、お父さんが正直に話してくれたってことは伝わると思います」

話さなければよかったのかもしれない、と心が折れそうになったとき、恩田が京野の支えになってくれる。

恩田に「大丈夫です」と言われたら、本当にそういう気分になってくるから不思議だ。恩田の言葉には、京野を前向きにさせる力がある。

「ごちそうさまでした！」

最後に食べたプリンがおいしかったらしく、賢は満面の笑みで食後のあいさつをした。

「忘れ物がないか確認して」

「ないよ」

椅子《いす》からぴょんと飛び降りた賢が、京野の手を取った。

「あのね、おかあさんがいなくても、おとうさんがいるからさびしくないよ」

賢が唐突《とうとつ》に言ったから、京野は言葉の意味がすぐに理解できなくて、「え？」と二度聞き返してしまった。

「おとうさんといっしょにいるから、さびしくないっていったの。まえは、おしごとがいそがしくて、いっしょにおでかけできなかったけど、いまはずっといっしょにいるでしょ。ぼくね、うれしいの」

「賢……」

京野はしゃがんで賢と目の高さを合わせた。

小さい頃をほとんど一緒に過ごしていないのに。

京野は仕事が楽しくて、家庭を顧《かえり》みなかったのに。

その結果、母親と離れて暮らさざるを得なくなってしまったのに。

ひどい父親となじられても当然なのに。

賢はどうして優しい言葉をくれるのだろう。

大勢の客がいるような場所で不意に涙を見せたら、賢は驚いてしまうだろう。自分が泣かせたと思ってショックを受けてしまうかもしれないから、京野は腹に力を入れてぐっと堪える。

「賢、ありがとう。僕は本当にダメなお父さんなのに」

「だめじゃないよ。おとうさんだいすき」

「僕も賢と一緒にいられて本当にうれしいよ。ありがとう」

もうダメだ……。鼻の奥がつんとしてきたし、目にはじんわり涙が浮かんできつつある。

京野が目元をぬぐおうとしたその瞬間――。

「……っ、うっ」

うめき声が聞こえて振り返ると、恩田が顔をくしゃくしゃにして泣いている。

「賢くんは本当にお父さん思いの優しい子だなぁ……」

恩田は賢を抱き上げると、ぎゅっと抱擁《ほうよう》した。

「京野さんは自己評価が低すぎますよ。ほら、賢くんを見てください。もっと自信持ってください」

恩田は賢の顔にぐりぐり頬《ほお》を押しつける。

「おんだせんせいくすぐったいよ」

「だって賢くんのことが大好きなんだもんっ」

「ぼくも、おんだせんせいがすきだよ。おとうさんもすき」

「僕も、賢のこと愛してるよ」

「先生も賢くんのお父さんのこと大好き！　愛してる！」

「どさくさに紛《まぎ》れてなに言ってるんだ。早く行くぞ」

大きな声ではしゃぐ二人に、周囲の視線が集まっているのを感じた。店内で騒いだら迷惑だから、と京野は伝票を持ってそそくさとレジに向かった。

「おとうさんまてまてー」

「京野さん待て待てー」

口調を真似た二人が京野のあとを追いかけてくる。賢はきゃっきゃと高い声を上げて楽しそうだ。

恩田は心が温かい人だ。

恩田のおかげで、京野の冷たい心が溶けていくのがわかる。

出会った頃の京野は、余裕がなくてギスギスしていただろう。こんな自分を好きだと言ってくれる人がいる。

幸せに形があるとするならば、もしかしたら今のこんな些細《ささい》な日常を指すのかもしれない。

恩田への思いは、家族に対する気持ちとは違う。職場の後輩や学生時代の友人とも違って、友達という感覚でもない。そもそも体を許せた時点で友情を超えている。

たとえば恩田が悲しみを背負ったとき、その半分を京野にわけてほしい。京野に楽しいことが訪れれば恩田とわかち合いたい。その中にはもちろん賢もいて、いつまでも三人仲良く生きていけたなら、京野の毎日は幸せの連続だ。


賢が眠そうにしていたので恩田が抱くと、賢はあっという間に寝てしまった。そのまま京野の自宅マンションまで連れてきてくれる。

ドアの前で鍵を捜《さが》しながら、京野は疑問に思ったことを伝えた。

「僕に抱かれているときに、そんなふうにぐっすり眠ったことがないんだ」

「体が大きくて安定感があるからかもですね」

「ああ、たしかに僕は何度も抱き直すな」

「赤ちゃんの頃はさすがに無理だけど、このぐらいになると体重も増えて重くなるから、お母さんだと長時間抱けないじゃないですか。そういうのがわかっててお父さんに抱かれたがる子っているんですよね」

西側から陽《ひ》が射《さ》しているため、恩田の頬が茜色に染まっている。しかし赤いのは夕焼けのせいだけではなさそうだ。恩田はなぜか目尻を下げている。

「なんだ？」

「お父さんとかお母さんとか、俺たちそんな感じっぽいですよね。賢くんていうかかわいい子供までいるし。なんかうれしくて。今の俺たち、休日にお出かけしたファミリーですよ」

冗談で言っているのかと思えば、顔を赤くしている時点でかなり本気の妄想だ。

バカらしい、と言ってやればよかったのに、恩田の照れが京野にまで伝染してきてしまって、こっちまで頬が熱くなってくる。

「あれ？　京野さん。顔赤いですよ？」

「ち、違っ……」

「もしかして、照れてます？」

「なに言ってるんだ。夕焼けだろ。ほら、早く入って」

家の中に入ったはいいものの、微妙な空気になってしまった。

暗いままではなんだから、と玄関の電気をつけたはいいが、京野も恩田も、お互いに気まずい。

今このタイミングでそれを言うのはどうかと思う気持ちはあるけれど、逆に考えれば今だからこそ、どさくさに紛れてしまえばいいのではないか。

いや、茶化してはいけない。大切な恩田への、京野の思いなのだから。でも、やっぱりなんだか気恥ずかしい。こんなこと、今までに言ったことがないのだ。

「あの、京野さん？」

だからこそ失敗したのではないのか。反省点は改善して、次につなげるべきだ。

「ひゃい？」

頭であれこれ考えている最中に背後から唐突に話しかけられて、京野は変な返事をしてしまう。

そんな京野を見て、恩田が笑った。

恩田はいつもにこにこしていて、大笑いしたときはもっと目尻が下がって、目がなくなる。

この笑顔が愛しい。何度助けられただろう。

「恩田先生、好きです」

「ははっ、俺もで……、えっ？」

恩田はもう一度「え？」と言って目を見開いた。

「な、な、なんで急に」

「なんで、って。前からちゃんとそう思っていたから。なんとなく言うタイミングを逃してしまっていたし、でも気持ちは伝えなくちゃって思うし」

恩田の笑顔はきっと、京野の想像をはるかに超えて大きな力を秘めている。一緒にいると京野まで笑顔になれる、魔法のようなパワーだ。

恩田は優しいから感情をぶつけてくることはないけれど、好かれているということに胡坐《あぐら》をかいてはいけない。愛情を示してくれたら、京野はそれ以上の愛情で応えたい。人を愛するということがよくわからなかったが、恩田とずっと一緒にいたいと思ったり、恩田を大切にしたい、というこの気持ちこそが、人を愛するということなのだろう。

「京野さん、もう一回。今さらっと聞き流しちゃったから、もう一回言ってください。お願いします」

「そう言われると言いづらいんだよ。また今度な」

「えぇ……」

唇を尖《とが》らせた恩田の仕草が子供っぽくて、愛しさが込み上げてくる。大きな体で、かわいいとは真逆のタイプの男なのに。

京野に煽《あお》られ本能が理性を上回ってしまった恩田は、ゆっくりと、京野の反応をうかがうような速度で顔を寄せてきた。恩田の欲求不満はわかりやすい。

京野だって男だから、恩田の切実な思いは痛いほどわかる。そして好きな人から欲望を向けられれば、京野だってなんだかムラっとしてきてしまう。

――キスしたいな。

家の中だし、それぐらいだったらいいのではないか、と京野は自分に甘くなってしまう。

淡泊だと思い込んでいた当時の自分はいったいなんだったのか。京野は明らかに、恩田に性的な欲求を感じているのだ。

唇を許したとしても、京野はまだぎりぎり踏みとどまれる。けれど恩田は大丈夫だろうか。でも。

恩田の瞳に吸い寄せられるように、京野は顔を近づけていった。

いつも笑っているから見逃しがちだが、目尻が下がっている恩田の顔は、真剣な眼差《まなざ》しになったとき、妙な色っぽさを伴うのだ。

多分、どちらかが瞬《まばた》きをしたり瞳を揺らしたりした瞬間に、二人の唇が重なるだろう。キスのタイミングはきっとそこだ。そして先に目を閉じるのはおそらく京野だろう。

熱を帯びたような瞳に見つめられたら、服の中までのぞかれているような気持ちになってくる。至近距離で見つめ合う恥ずかしさに負けた京野が目を閉じようとしたまさにその瞬間――。

「おとうさん、おはようございます」

恩田の肩に頭を乗せて眠っていた賢がぱちっと目を覚ました。寝起きがいい子なので、目を開けるや顔を上げたものだから、恩田の顔面に賢の後頭部がヒットする。

「――っ」

勢いがなかったため、強い痛みではなかったようだ。しかし不意打ちのダメージは相当なものだったらしく、恩田は顔面を押さえて顔を引いた。

「あれ？　おんだせんせい。なにしてるの？」

京野と恩田の間に流れる甘酸っぱい空気は、幸いなことに賢には伝わっていないらしい。

恩田は気を取り直し、保育園の先生の顔に戻る。

「おはよう。賢くんが寝ちゃったから、抱っこしたまま連れてきたんだ。これ以上眠っていたら夜眠れなくなっちゃうから、ちょうどよかったよ」

恩田は賢を足元に降ろした。その表情からは、先ほどの色っぽさがまるでなくなり、眉は八の字で、なんとも情けない。

しかし辛抱強い男は、すぐに気持ちを切り替え、京野に顔を向けた。

「俺は今まで我慢できたんだから、これからも我慢できる。最短で次の四月、でもたぶん異動は無理だから、あと一年ちょっと。大丈夫！　がんばる！」

「おんだせんせい、がんばって」

足もとから声援を受け、恩田は複雑そうな顔をしながらも拳《こぶし》を握って賢に向けた。


世間は春休みに入った。学生がいなくなると通勤が少し楽になる。

いよいよ最終学年になる賢たちは、年度末一週間前からさくら組の教室で生活を始めていたので、昨日の三月三十一日も、今日の四月一日も、大きな変化はない。少しだけ違うのは、ほぼ固定の早朝組のメンバーからお兄ちゃんお姉ちゃんがいなくなり、小さなお友達が入ってきたことだ。

「賢、赤ちゃんだよ。小さいね」

「あかちゃんちっちゃい」

賢を出迎えた女性の職員は、腕に赤ちゃんを抱いている。母親が仕事に行ってしまったため、背をのけ反らせて大泣きしている。

「京野さん、おはようございます。さくら組の担任になりました葉月《はづき》です。よろしくお願いします。

賢くん、よろしくね！」

若くてハキハキしている彼女は、たしか前年度もさくら組の担任だった。

前年度からいた先生で顔見知りということもあって、賢は担任が恩田から葉月に変わってもぴんとこないのか、普段通りにあいさつをして教室に入っていく。

職務規定で年度が変わるまで知らせてはいけないことになっているらしく、恩田は異動の有無や担当クラスについて、京野には知らせなかった。だから京野は今朝、じつは少しどきどきしながら家を出たのだ。

年度が変われば担任だって変わる。わかりきっていたのに、恩田が担任ではなくなってしまったことに寂しさを感じた。賢との接し方がわからなかった京野にとって恩田という先生は、本当に頼もしい存在だったのだ。

しかし二度と会えないわけではない。異動はないだろうと恩田は言っていたから、おそらく、どこかのクラスにいるはずだ。

教室の中にはもう一人、園長がいた。朝の早い時間帯は、職員が二名で対応している。ということは、恩田は今日、中番か遅番か。遅番なら賢のお迎えのときに会えるだろうか。

「どうかされましたか？」

「い、いいえ、なんでもないです。こちらこそ、どうぞよろしくお願いします」

恩田の姿を捜してきょろきょろしていたら葉月に突っ込まれてしまったので、京野はそそくさと園をあとにした。

京野は毎朝、同じ時間の電車に乗る。降車駅の階段の位置の都合で乗車口も決まっている。京野のように考えているサラリーマンがわりといるらしくて、出勤時間帯の顔ぶれはほぼ固定されている。そこに、新卒のフレッシュな若者たちが加わった。

車内は空いており、座れたので、京野は短い時間でも眠れればと思い、目を閉じた。うとうとし始め、いよいよ眠りに落ちようかというとき、ポケットの中の携帯電話が震えて眠りを阻害された。

この時間のメールはだいたい職場の人間だ。

京野は軽い気持ちでメールのチェックをした。

すると送信者が恩田だったものだから、京野は小さく息をのんだ。久しぶりのメールだったのだ。

京野は用事がなければ電話やメールをしない男だが、恩田はマメで、毎晩欠かさず、寝る前にメールを送ってきた。しかし年度末はどこの会社も忙しいし、恩田もバタバタしているらしくて、ここ二、三日、連絡が途絶えていた。

京野は仕事や緊急時以外の電話やメールを無駄だと思っており、必要がなければ連絡しないし、恩田も理解してくれている。

しかし恩田からは毎晩メールが届く。内容といえば、「今日こんなことがあった」という、とりとめのないものばかりだ。緊急の用事ではないし、返事を求めるわけでもない。しかし恩田からのメールが途切れて初めて、京野はその「無駄」を心待ちにしている自分に気づいたのだ。

今晩連絡がなかったら、京野のほうからメールをしようと思っていたのだが、先を越されてしまった。

はやる気持ちが抑えきれず、せかせかと暗証番号を入力する。しかし焦《あせ》りすぎて何度かミスをしてしまい、再びパスコードを求められる。

そんな自分にいらいらしながら、ようやくメール画面を開く。

『本日付で、A駅にある新規開園の職場に異動になりました。賢くんと別れてしまって残念ですが、京野さんとは近づけるのでラッキーです』

二行空けてその下に、絵文字満載でこう書かれていた。

『今晩、泊りにいきます』


「来ちゃった」

メールでの宣言どおり、恩田が京野家にやってきた。

「これ、うちの近所の総菜屋のです。おばあちゃんと娘だかお嫁さんだかで二人でやってて、家庭の味っぽくていいんですよ」

恩田は手土産として、京野がぜったいに作れないきんぴらごぼうやほうれん草のゴマ和えを買ってきてくれた。また、それだけだと賢が食べづらいだろうから、と唐揚げなど子供が好きなメニューもある。

色とりどりの食事がテーブルに並ぶと、賢はうれしそうに席についた。普段はカレーやシチュー、スパゲティといった一品料理ばかりだから、申し訳ない気持ちになってくる。もう少しレパートリーを増やさなくてはならない。

恩田は料理ができる人だから、休みの日にでも習えないだろうか。賢も一緒に作れたら、きっと楽しいだろう。

しかしこの考えは、恩田に甘えていやしないだろうか。

にこにこ笑顔の二人とは対照的に、京野はぐるぐると悩む。

「いただきます」

三人で手を合わせて、少し遅めの夕食が始まる。

「やっぱり意識して野菜を食べさせないといけないよな」

「保育園の給食はあえて野菜を多く使ってるから、過敏にならなくても大丈夫ですよ。賢くんはまだ小さいし、親子二人だとちょっとでいいから、料理得意じゃないなら買っちゃったほうが楽だし。それにこのお店はおばあちゃんの手作りだし、コンビニごはんよりは心が痛まないでしょう」

育児書などを読むと、食育とか、お母さんお父さんの愛情料理がどうこうなど書いてあり、それができない自分に落ち込んだりもした。

その手の本を読めば読むほど気分が沈み、しかし自分がしなければいけないのだ、という気持ちにさせられる。とはいえ京野は一品料理しかできないが、中に野菜を多く入れるなどして、自分なりにやってきた。

しかし恩田は、がんばらなくていい、料理ができないなら買えばいい、と京野の努力をあっさり粉砕してしまう。

かつて力を抜けと言われたとき、自分のやっていることを全否定されたように感じた。京野の気持ちなどわからないくせに、と反発する気持ちがあったし、腹が立った。仕事と賢とのことで心に余裕がなくなり、賢に当たってしまったこともあった。

当時のことを思い返すと、やはり自分は父親失格だと感じてしまい、泣きたいような気持ちになるのだ。

けれど京野が倒れてしまったときの賢の様子を聞いたとき、恩田の言葉がすっと胸に入ってきた。

賢を不安にさせないために、京野が病気にならないように、力を抜けと言ってくれたのだ。

賢には苦労をかけている。充分な愛情を与えられていない気もするし、京野は毎日が不安だった。しかしそれはもう、今となっては昔のことだ。もちろん今だって手探り状態ではあるけれど、恩田がいるから大丈夫だ。京野がなにかやらかしたときには、軌道修正してくれるだろう。

他人をあてにするな。甘えたことを言うな。自分の行動は自分で責任を持て。

親にそう言われて育ってきた京野は、恩田に寄りかかることに抵抗感があった。それに京野のほうが年上なのだし、賢を育てなくてはならないのだし、気をしっかり持っていなければならない。

しかし今や全体重を恩田に預けてしまっている。恩田はそれでもまったく倒れる様子がなく、頼りがいがあるから、京野はつい甘えてしまう。

もしも恩田がいなくなったら、と考えたらぞっとする。恩田のいない世界など考えたくもない。

京野はいつからこんなに弱くなってしまったのだろう。賢を引き取ったときに一度心が折れて、今は恩田に寄りかかることでどうにか立っている状態なのに。

もともと、京野は弱い人間だったのだ。強がっていただけで。

学歴、社会的地位、収入、会社での立場。そういったもので全身をがちがちに固めていたけれど、気がついたら恩田に身ぐるみはがされていた。京野にはもう、隠すものなんてなにもない。

「時間があるときは一緒に料理しましょう」

「え？　いいのか？」

京野はさっき、頭の中の考えを言葉にしていたのだろうか。

そのぐらいぴったりのタイミングで恩田が言ったので、変な汗が出てきた。

「京野さんは賢くんのために覚えなくちゃいけないけど、賢くんも、料理できるといいでしょう？　俺米研《と》ぎぐらいは三、四年生ぐらいからやってたし」

「ぼく、おりょうりしたい」

「簡単なものから作ろうね」

「うん。きょうはつくらないの？」

「今日はもう買ってきちゃったから、また今度ね。それに、賢くんは早く寝なくてはいけません」

恩田の言葉がなにを意味するのかわかって、京野は顔が熱くなる。

「どうして？」

「どうして、って。いつも九時頃に寝てるんじゃなかったっけ？　だったら今日も、ちゃんと九時には寝ますよ」

恩田は賢と遊びつつ、ちゃきちゃきと食器を片づけたり、賢を風呂に入れてくれたりもした。浴室から楽しそうな声が聞こえてきて、京野の顔にも自然と笑みが浮かんでくる。

こんな穏やかな時間は、いつぶりだろう。

しみじみと嚙《か》みしめながら、洗濯機を回したり干したりして、雑用を片づけていった。

「さて、賢くん、そろそろ寝る時間だよ」

自前のTシャツとハーフパンツを着た恩田が、賢を布団に促《うなが》す。

「まだねむくないの」

「眠くなくてもね、子供は早く寝なくちゃいけないんだよ。さっきもお話ししたでしょ？　お父さんとのお約束の時間は守らないとね」

「じゃあごほんよんで」

「オッケーオッケー。じゃあお布団に入りましょう」

平常心を保って賢と接しているつもりなのだろう。しかし恩田のそわそわした空気はしっかり賢にも伝わっている。

普段は九時頃になると眠くなり、京野に言われなくても布団に入る賢が、今日は目がらんらんとしているのだ。

「恩田先生、寝かしつけ任せていい？」

賢の部屋に入っていく恩田に、京野は声をかけた。

「大丈夫ですよ。お風呂どうぞごゆっくり」

向けられる笑顔に裏はないと思うのだが、京野は妙に意識してしまう。

「さてと、なんの本読もうかなぁ……」

「これがいい」

本棚から取り出したのは、対象年齢が少し上の本だ。だれからかプレゼントされたものだったはずだ。難しいとつまらないだろうから、と京野は読んでやったことがない。

「賢くんにはまだちょっと早いんじゃないかなぁ。大丈夫？」

「うん、だいじょうぶ」

「じゃあこれにしよう。多分すぐに眠くなっちゃうぞ？」

「ねむくならないもん」

廊下を歩いていると、二人のやり取りが聞こえてくる。

——別に、読んでやればいいんだよな。賢がそれを読んでほしいって言ったんだから。

また一つ、京野は恩田に教わった。

明日も明後日も、恩田から教わることがあって、京野は少しずつ賢の父親になっているはずだ。

京野はもともと長風呂はしないが、賢と生活するようになってからはさらにカラスの行水《ぎょうずい》だ。

さっさと汗を流して賢の様子を見に行くと、恩田がちょうど部屋から出てきて廊下で鉢《はち》合わせする。

「あれ？　もう寝ちゃったのか？」

「一瞬でしたね」

「……かわいいな」

京野は笑いが込み上げてくる。

眠くない、と強気な発言をしていたわりに、賢はすぐに眠ってしまったらしい。やはりあの本は、賢には早かったようだ。

「パジャマ姿の京野さんもかわいいですよ。じゃあ、ここからは大人の時間ってことで」

恩田が急に腰に手を回してきたので、京野はびくっとしてしまう。

「え……、と、あの、恩田先生？」

「もう賢くんの先生じゃないんで。保育園も違うんで、先生はやめましょう。優樹《ゆうき》って呼んでください」

「ええ？　それはちょっと……。いきなりそんな呼び方したら、賢もびっくりしてしまうよ」

「じゃあ二人のときだけでいいですから」

それならば、と京野がうなずくと、恩田は唐突に京野を抱きしめた。

「恩田先生？」

「好きですっ！　何ヶ月もお預け食らってて、もう我慢できませんよっ」

恩田は犬のようにふがふがしながら京野の唇を奪う。

早く早くと急かす姿が、どうしようもなくかわいい。

抱かれるのは怖い。けれど目の前に愛しい人がいて、温もりや匂いを感じたら、京野もなんだか身体が熱くなってくる。

恩田の欲求に応えたいし、京野だって、恩田に欲情しているのだ。

この場で始めてしまいそうな勢いの恩田をなだめ、京野は耳元でささやいた。

「寝室にいこう」


京野は寝室の電気をつけた。八畳ほどのフローリングにはベッドと小さなサイドテーブルしか置いておらず、簡素な部屋だ。

賢が生まれてからこのマンションを買ったのだが、入居当初から賢の母親とは寝室が別だったたし、よくよく考えれば賢の誕生後は、彼女とは夫婦らしいことを一度もしていない。浮気相手を部屋に連れ込んでいたとしても京野のベッドは使っていないだろうけれど、気分の問題で買い替えた。

今は賢の部屋で二人で寝ているので、今日、初めて使うことになる。

一人用のベッドなので、二人で寝たら狭いだろうな、などと漠然《ばくぜん》と考えていると、恩田が顔を寄せてきた。

「京野さん」

「……んっ、んんっ」

荒々しい口づけのために、口の周りがべたべたになる。

苦しくて顔を背けようとすると、ほんの一瞬でも離れたくないというように唇を追いかけてくる。

「あ、あの、電気消して……」

京野は自分でつけてしまったことを後悔する。

「嫌ですっ！」

「なんでっ？」

「消したら見えないじゃないですか」

きっぱりと断られて京野はうろたえた。

上半身を起こして電気のひもに手を伸ばそうとする京野を、恩田はベッドに押し倒した。

「や、で、でも、僕は見られるのが恥ずかしいよ……」

「恥ずかしがってくださいよ。それに、前は明るかったじゃないですか」

「だってあれは昼間だったし」

昼間のセックスには背徳感があった。あんなに恥ずかしい行為だなんて思ったことがなかった。京野は顔を見られることすら耐えられなくて、両腕で顔を隠す。

「えっと……、じゃあ、消します」

しばしの沈黙ののち、恩田が立ち上がった。京野の上から重みが消え、カチッと音が聞こえた。ほっとして目を開けると、真っ暗だった。遮光カーテンなので共同通路の明かりも入ってこないのだ。

ぎしり、とベッドマットのスプリングがきしむ音が聞こえてきて、恩田が覆いかぶさってくる。今認識できるのは、恩田の体温や肌の質感だけだ。

恩田は手探りで京野のパジャマのボタンを外していく。見えないことで恩田も大胆になっているのかもしれない。ズボンも下着も、あっさり剝《は》ぎ取られた。

恩田もシャツやハーフパンツを脱いでいるのが、衣擦《きぬず》れの音から伝わってくる。

まだ目が慣れていないので、恩田のシルエットすら見えない。京野が自分で消せと言ったのに、恩田の姿が認識できなくなってかえって不安になる。

「あの、恩田先生?」

「はい?」

恩田は再び京野に覆いかぶさり、下腹部を京野の股間にこすりつけてくる。

恩田のそこはすでに硬くなっていて、ぐいっと押しつけられて京野はぞくっとした。

京野ももう充分に昂《たかぶ》っている。こんなに強い性衝動を感じたことなどなかった気がする。

暗闇の中で体をまさぐられて、京野の息が上がり始める。

「ちょ、ちょっと待って」

唐突に性器をつかまれて京野は声が裏返った。恩田の手を上から握り、動きを止めてもらう。

明るい部屋での行為に抵抗はあるが、まったくなにも見えないのも、次になにが起こるかわからないから心臓がドキドキしっぱなしで苦しい。

「やっぱりなにも見えないのも嫌だから……」

京野はサイドテーブルを手探りし、スタンドライトをつけた。明かりは最小で、枕元をほのかに照らす程度だが、恩田の表情が見えるだけでも気持ちがぜんぜん違う。

「このくらいだったらいいんですか？」

「あんまりじろじろ見ないでくれれば」

「嫌ですよ。見ますよ。当然じゃないですか」

京野の顔が見えるや、恩田の股間の質量が増したのが伝わってくる。その先端はすでに先走りで濡れており、京野の内ももを汚す。

「裸の京野さんが何回も夢に出てきたんですよ」

「なんて夢を見てるんだよっ」

「だって、目の前にいるのにずっとできなかったから、欲求不満でムラムラしまくりで、中学時代の自分に戻った気分でしたよ。京野さんだって男なんだから、俺の気持ちわかるでしょう？」

「わ……、からな……」

恩田は京野の体をぎゅっと抱きしめると、まるでセックスをしている最中のときのように、ぐいぐい腰を押しつけてくる。性器同士がこすれ合い、恩田の吐息が絶えず耳に注《そそ》がれる。

どうしようもなくなるような強い性衝動など、京野はかつて感じたことがなかったのだ。でも、今ならそれがどういうものなのかわかる。恩田がほしい。今すぐにでも。

京野の体をまさぐる恩田の手の動きはぎこちない。しかし触れてくる手のひらは、京野を大切に扱おうという優しさがひしひしと伝わってくる。

「……っ！」

体にびりっと電流が走ったみたいな衝撃を感じ、京野は体を震わせる。

前よりもやや落ち着いているのだろうか。恩田の唇は京野の反応をうかがいながら、唇から首筋へ、首筋から胸に、じわじわと下りてくる。

「んぁっ」

乳首を甘く食《は》まれ、京野は高い声を上げてしまった。

女のように喘ぐ自分が嫌なのだ。

声が出ないように下唇を噛むと、恩田が熱く湿った塊《かたまり》で割り開いてくる。唇を深く貪《むさぼ》られ、舌と舌を絡《から》ませ合うと、ぞくぞくして全身に鳥肌が立った。

もともと淡泊なほうだった自覚はあるが、下手と言われてよりセックスが嫌いになった。結婚はこりごりだと思ったし、もう二度とこういう行為はしないのだろうな、と漠然と思っていたのに。今の京野は恩田を受け止めたいと思っている。

「京野さん、大好きです」

恩田は京野の性器と自身のものとを合わせてつかみ、ゆるゆると動かし始める。

「あ……っ、あっ」

大きな手につかまれぐいぐいしごかれたら、ひとたまりもない。

「や、やだっ……、イっちゃいそう」

そう口にしたときにはもう、京野は果てていた。

「あっ……!」

「お、俺も……っ」

京野とほぼ同時に恩田も達した。恩田は肩で息をしながら京野に小さなキスを繰り返す。

「興奮しすぎてイっちゃった」

へへ、っと、照れたように笑った恩田に、愛しさが込み上げてくる。

慣れていないのも恥ずかしいのもお互い様で、京野も気まずさをごまかすために小さく笑った。

「そうだ。ちょっと待っててくださいね」

手早く後始末をすると恩田は寝室を出ていき、ダッシュで戻ってきた。手にはなにやら袋を持っている。

「この日のために、俺は用意してきたんですよ」

恩田はベッドに上がって胡坐をかいた。京野は上掛けを腰の辺りまで引き上げて、恩田の手元をのぞき込む。

「なにを？」

恩田が袋から取り出したものを見て、京野はぐっと息をのんだ。小さな箱と、手のひらサイズのボトル。ボトルのほうは自分で使ったことはないけれど、おおよその見当はつく。

「前回暴走しちゃったから。京野さんの体の負担が少なくなるように。この前は中に出しまくっちゃったから、あとが大変だったでしょう？」

恩田はボトルを逆さまにして手のひらに受け止める。オレンジ色の薄明りに照らされきらりと光った中身は、つまり、ローションだ。いくらその手の経験が浅くとも、京野にだって知識ぐらいはある。

「え……、今は必要ないだろう？」

「なんでですか？」

「なんで、って……」

「つけないでやっていいんですか？」

「いや、そうじゃなくて」

だって今、二人して射精したばかりじゃないか。

恩田の性欲の強さは前回で嫌というほどこの体に刻み込まれた。

もう初めてではないし、もう少しゆったりとした気持ちでセックスできるのではないか、と思ったのだ。

しかし京野は視界の端に捉えた恩田の股間を見てぎょっとした。

「やだ、京野さんのエッチ」

「エ、エッチって……」

慌てて目を逸《そ》らしたが、残像が頭の中に居座って困る。

あんなに大きな塊が、京野の体に埋め込まれていたなんて信じられない。

恩田は京野から上掛けを剝いで体重をかけてくる。京野の両足を開かせた間に体を挟み込み、閉じられないようにすると、濡れた手を後ろに伸ばしてきた。

「や……っ」

恩田を体の中に受け入れる決心はできていたものの、いざその場面になると委縮してしまう。

「痛くないようにしますから」

指の先が尻の間を這《は》い、中心部にたどり着く。うねうねと動かしながら、硬く閉じたそこを割り開こうとする。

「力抜いてください」

「……っ」

つぷりと指が入り込んでくる。手のひらからこぼれそうなほど大量のローションを伴っているので、驚くほど簡単に奥まで受け入れてしまった。

恩田も以前と勝手が違うことがわかったらしくて、二本、三本と次々に指を埋め込んでいく。

「あっ……」

粘膜を指の腹でなでられて、どうしてぞくっとしてしまうのだろう。

その感覚は、明らかに気持ちがいい部類のものだった。怖いのに、体の中をかき回されると自分でも信じられないような甘い声が漏れてしまう。

「んっ、んんっ……」

「大丈夫そうですね。気持ちいいですか？」

そんなことを聞かれたって答えられるわけがない。のぞき込んでくる視線から避けるためにぷいっと顔を背けると、恩田は京野の耳たぶを噛んだ。

「ふっ……、んっ」

くちゅりと濡れた音が耳に直接注ぎこまれて、京野は首をすくめた。くすぐったくて、でもそれを上回る快感に襲われて、京野は困惑する。

「な、なんで……。前とぜんぜん違うじゃないかっ」

回数は重ねたが、あの日の恩田にはこれっぽっちも余裕がなくて、一つ一つの行為がぎこちなくてつたなくて、京野もそんな恩田をかわいいと思ったのに。

今だって巧みではないけれど、まるで別人のように感じた。

「一回抜いたら、ちょっと落ち着けたかも」

「それが理由なのか？」

「ちょ……、なんか疑ってます？　浮気なんかしてませんよっ」

「う、疑ってはないよ」

浮気、という言葉が出てきて京野は顔が強ばった。

あの日から数ヶ月。恩田は京野に、しつこいほどまとわりついていたのだ。恩田の気持ちが信じられないわけではない。

浮気をされて離婚を突きつけられたことは、京野にとってはもう終わったことだ。そう思っていたのに、じつは自分が思っていた以上に引きずっていたのかもしれない。

「ごめん。浮気を疑っているとか、そうじゃないんだ。でも、ホントぜんぜん違うからびっくりしたんだよ」

「だって、頭の中ではもう何十回も京野さんとセックスしてるから」

「妄想で上達するもんなのか？」

「俺、上達してます？　うれしいなぁ。もっとがんばりますから」

恩田は京野の体をうつ伏せにして、尻を高く持ち上げる。

「え……、この体勢は嫌だっ」

「でも多分このほうが受け入れやすいと思うんです。それに暗くてあんまり見えないから安心してください」

「あんまりって、ちょっとは見えてるん……、あぁっ」

恩田はすでに復活している性器の先を、窄《すぼ》まりに押しつけてくる。

どんな顔をして京野とつながっている部分を見ているのだろう。そもそも人に見せる場所ではない部分を開かれていること自体、考えるだけで顔から火が出てきそうだ。

「……んんっ」

じわじわと割り開くように腰を進め、少し飲み込ませては引く。

ローションを足したことで滑らかになり、想像していたよりも簡単に恩田を体の奥深くに飲み込んでしまった。

「うっ、んっ……」

「痛くないですか？」

根元までおさめた恩田は、一度動きを止めて京野の様子をうかがう。

以前も、恩田はたびたびそう聞いてきた。

暴走するぎりぎりで理性を保っているのだろう。あのときの京野は恥ずかしくてほとんど答えられなかった。結果焦《じ》らすことになって恩田がかわいそうだったので、返事をしてやる。

「ん……、大丈夫」

痛いとか、怖いとか、当初あったはずの不安は、今では一つも残っていなかった。その代わりに浮かんできたのは、うれしいという感情だ。恩田と抱き合っているこの瞬間がうれしい。

なにを悩んでいたのだろう。

抱かれる側だっていいじゃないか。気持ちがよすぎて女みたいな声が出たっていいじゃないか。抱きしめられてうれしい、と素直になったっていいじゃないか。好きな人とする行為なのだから。

「俺の体は頭のてっぺんから足の先まで全部京野さんのものですからね？」

京野はそれにどう返事をしていいのかわからなくて、下唇をかんだ。

心臓がどきどきしすぎて胸が痛かった。なんでこんな言葉をさらっと言えてしまうのだろう。人付き合いや恋愛は苦手だった。冷たい人間だと言われ、他人を思いやる気持ちにも欠けていた京野が、恩田の温もりに、恩田の言葉に、体中がよろこんでいる。

全身全霊で寄りかかっても支えてくれる人。どれだけダメなことをしても許してくれる人。わがままなのかもしれないが、京野には無条件で全部を受け止めてくれる人が必要だったのかもしれない。それが恩田という人なのだ。

「あ、……あっ」

恩田に体の中をこすられるたびに全身があわ立つ。

肌と肌がぶつかり合うときには、くちゅくちゅとローションの濡れた音がして耳まで熱くなる。

「あ……！　や、やだっ」

京野の腰をつかんでいた手が移動して、左右の乳首をつまんだ。その瞬間、京野の性器に力が戻ってきたのを感じた。

「あっ、や、やだって」

「なんでですか？　こんなに気持ちよさそうな声してるのに。もっと聞かせてくださいよ。俺のことが好きって言われてるみたいでうれしいんです。俺、本当に京野さんのことが好きなんですよ。かわいい声聞きたいし、顔だって見たいし、体の隅々まで見たいし」

恩田の言葉は飾り気がなくて、素直で、ストレートだ。だからこそ真っ直ぐに京野の心を貫く。

「京野さん、大好き」

ゆるゆると動いていた恩田が、少し強めに腰を突き立ててきた。

「あぁっ！」

性器の先で奥をぐいっと押されて、京野の体が大きく跳ねた。

「……京野さん？」

京野の動きに驚いた恩田が、うかがうような声で呼びかけてくる。

「そ、そこ、やだ」

「え……と、ここ、ですか？」

「あん、や、やめろっって……、あぁっ！」

「え？　……え？」

「はぁっ、あっ、んんっ」

京野の言葉と声がイコールにならず、恩田は困惑している。体をくねらせて喘ぐさまは、どう考えたって嫌がっているようには見えないだろう。

恩田は立ち上がった京野の性器をつかんで刺激を加える。さらに腰を回して体内をえぐった。

「ここ、ですね？」

恩田は京野が一番強く反応する場所を、確信を持って貫いた。

「あぁっ……！」

めまいに似た感覚に襲われて平衡感覚を失う。体を支えていた腕はもう力が入らず、恩田とつながっている下半身を高く掲げたまま、京野はシーツの上にがくっと倒れ込んだ。

「はぁっ……、んっ……、あっ」

脱力している京野を気づかうように背中や首筋にキスをする。けれど興奮が高まってきている恩田は、腰の動きが止まらない。

体中がびりびりとしびれている。

恩田はどんな顔をしているのだろう。見たい見たいと連呼していた恩田の気持ちが、今ならわかる気がする。愛しいから、相手の全部を知りたい。

京野の気持ちが届いたとは思わないけれど、そう思ったタイミングで体勢が変わった。

正面から抱き合い、再び貫かれる。

体の中からじわじわと広がっていく快感に包まれながらも、京野は目を開けて恩田を見上げた。

京野を抱く恩田の顔は優しかった。

目尻が下がっていて、保育園で園児たちの世話をしているときのように、慈愛に満ちている、京野の一番好きな顔。

どうして卒園するまで触れないなんて言ったのだろう。京野は数ヶ月前の自分を叱《しか》ってやりたい。

恩田に体の中を埋められて得られる充足感がある。

恩田もきっと、京野と同じ気持ちだろう。これまでの時間を取り戻すかのように、恩田は京野の中で何度も果てた。


「おとうさん？」

幼いわが子の声で目覚めた京野は、まず、電気が普段と違うことに気がついた。

そして隣には、裸の恩田が眠っている。

「寝過ごした……！」

時計を見たら七時で、そろそろ家を出なくてはいけない時間だ。

京野は飛び起きたものの、すぐに土曜日だったことに気づいてほっとする。

「おとうさん？　どこにいるの？」

平日の朝は京野が先に起きて支度をしている。遅れて賢が起き、まず、キッチンか洗面所か、京野がいそうな場所にやってくる。

声が遠いから、今はリビングやキッチンのほうを探しているのだろう。しかし京野の姿が見つからないのでこちらにやってくるのは時間の問題だ。

幸いなことに寝室のドアは閉まっている。

京野はベッドから降りてパジャマを探そうとした。しかし足に力が入らず床にぐにゃりと倒れる。

「……え？」

まさか昨晩の行為が響いているのだろうか。

昨晩というよりも、夜通しといったほうが正しい。

何度も抱かれて意識を失い、目が覚めたかと思ったらまた貫かれるの繰り返しだった。遮光カーテンの裾がかすかに明るくなってきているのは確認しているから、明け方までセックスし続けていたことになる。

「おとうさん？」

物音が聞こえたからだろう。ぱたぱたと、子供の足音が廊下の向こうからどんどん近づいてくる。

「おとうさん、ここ？」

「ちょ、ちょ、ちょ、ちょ、ちょ……、ま、待って、賢、ドアの前でストップ。開けないように」

「はい」

京野は床でしわくちゃになっていた下着とパジャマの上下を身に着け、壁を支えにしてどうにか立ち上がった。

歩いたら、太ももの内側に、生温かい液体がこぼれ落ちてくる。

なんなんだよ。ゴム使ったんじゃないのかよ……。

足腰は立たないわ、下半身は汚れるわで、京野は涙目になりながらベッドのほうを振り返る。

その原因である恩田は、まだ夢の中にいるようだ。のんきな顔をして眠っている姿に小さないら立ちを覚えずにはいられないのだが、恩田にかまっている暇はない。

「ごめんね、賢。おはよう。恩田先生の様子見に来たんだけど、まだ眠いみたいだから寝かせておいてあげようね」

「うん。おねぼうさんだね」

まったくだ、と京野はため息をつきながら賢をリビングに連れていく。

「賢、朝ごはんの前に、シャワー浴びてきていいか？」

「うん」

「ありがとう。じゃあソファでご本読んでて。シャワー出たらすぐにごはんにするからな」

「いってらっしゃい」

京野は賢をリビングに残し、ひとまず寝室に向かう。一言言ってやらなければ気がすまなかった。

「恩田先生、起きて」

「起きてます。おはようございます」

寝ぼけ眼で大あくびする恩田には、緊張感のきの字もない。

京野が目を覚ましたからよかったが、もしも現場に踏み込まれていたかと思ったら、背筋が凍りつく思いだ。

「今後は朝までなんてごめんだからな」

「気をつけます。ごめんなさい」

久しぶりにお互いに触れ合ったことで、恩田はもちろんのこと、京野も積極的だった自覚はあり、恩田だけを一方的に責められない。しかし賢のことを考えると、もう少し節度を守った付き合い方をしなければならないだろう。

「じゃあ、これ着たらリビングに来て」

床に落ちていたTシャツとハーフパンツを手渡そうとしたら、恩田はその手を取り、ベッドの中に抱き込んだ。そして呆然とする京野に、とろけるような長くて甘い口づけをする。

「朝食は俺が作りますよ。京野さんはゆっくりシャワー浴びてください」

「いや、だったら先に恩田先生が浴びた方がいいだろう」

「俺はいいんです。京野さんの名残をとどめておきたいので、もうちょっとこのままでいます。手と顔だけちゃんと洗いますから」

もう一度、恩田は京野にキスをして、寝室を出ていった。

「こ……痕跡ってなんだよ。恥ずかしい男だな」

思いがけず甘い朝を迎えてしまい、京野は顔が赤くなってしまう。早いとこシャワーを浴びて、火《ほ》照《て》った頬を鎮めたい。

浴室に向かっているとき、リビングから恩田と賢の話し声が聞こえてきた。

「賢くん、おはよう。今日はいい天気だし、どこか遊びに行こうか」

「つりぼり！」

「土日は混んでると思うけどなぁ。じゃあお父さんにあとで相談してみようか」

「うん。おとうさん、はやくしゃわーはいって」

急かす声に返事をして、京野は服を脱ぐ。

「材料あるならお弁当作っちゃおうかな」

「おにぎりたべたい」

「よし、じゃあ、賢くんにもおにぎりを握るの手伝ってもらっていい？」

「うん！」

家の中に人の気配がある。自分以外のだれかがいる。食事のときには会話がある。

京野がずっと憧れていた家庭が今、ここにあった。

あとがき

こんにちは。石原《いしはら》ひな子《こ》です。

このたびは「おとなの秘密」をお手に取ってくださいましてどうもありがとうございます。表紙からお分かりいただけると思いますが、子持ちBLです。

子持ちBL萌えはいまだ健在で、書くのも読むのも大好きです。表紙に受け攻め子供の三人がいたら、迷わずレジに持っていきます。

具体的にどういう点がいいのか、と言いますと、やはり作中に登場する子供の存在が大きいと思います。メインはもちろん受けと攻めとのラブストーリーなんですが、彼らの周りにちらちらと登場する子供の愛らしさといったらもう……。

この子は大きくなったらどういう子になるんだろう。その頃の受けと攻めはなにしているのかな……などと妄想するのも大変楽しい作業です。

さて作品にも少し触れたいと思います。

にこにこ笑顔がトレードマークのわんこな攻め恩田と、きりきりしている受けの京野、そして京野の息子、賢の三人で物語が進んでいきます。

京野のような人には恩田のような人が合うだろうな、と考えてキャラを作りました。そして賢はかわいらしく。子供に関しては、自分で書きながら「かわいいなぁ……」と思えるぐらい愛らしい子が好きです。

彼ら三人のイラストを描いてくださいました北沢《きたざわ》きょう先生、お忙しい中、素敵なイラストをどうもありがとうございました。そしてご迷惑をおかけしてしまい、本当に申し訳ございませんでした。

にこにこ笑顔の恩田と、きりっとした京野、そして愛くるしい賢。イラストを拝見してはほんわかしています。とてもうれしいです！　ありがとうございました！

そして担当様にも度重なるご迷惑をおかけしてしまって本当に申し訳ございませんでした。

どうにか発行の運びとなり、うれしく思います。ありがとうございました。

そして本著をお手に取ってくださったみなさまにも、少しでも楽しんでいただけたら幸いです。

またお会いできたらうれしいです。

平成二十五年秋　　石原ひな子

この本を読んでの
ご意見・ご感想を
お寄せ下さい。

〒151-0051
東京都渋谷区千駄ヶ谷4-9-7
(株)幻冬舎コミックス　リンクス編集部
「石原《いしはら》ひな子《こ》先生」係／「北沢《きたざわ》きょう先生」係

リンクス ロマンス

おとなの秘密

2013年10月31日　第1刷発行

著者……………石原《いしはら》ひな子《こ》
発行人…………伊藤嘉彦
発行元…………株式会社　幻冬舎コミックス
〒151-0051　東京都渋谷区千駄ヶ谷4-9-7
TEL 03-5411-6431（編集）
発売元…………株式会社　幻冬舎
〒151-0051　東京都渋谷区千駄ヶ谷4-9-7
TEL 03-5411-6222（営業）
振替00120-8-767643
印刷・製本所…共同印刷株式会社
検印廃止

ISBN978-4-344-82950-3 C0293
Printed in Japan

幻冬舎コミックスホームページ　http://www.gentosha-comics.net

本作品はフィクションです。実在の人物・団体・事件などには関係ありません。